KB218015

유퀴즈에서 만난 사람들

모든 사람은 한 편의 드라마다

일러두기

- 가독성을 위해 〈유 퀴즈 온 더 블럭〉을 〈유퀴즈〉로 줄여 표기했습니다.
- 인물 호칭 시 존칭 및 직함 등은 문맥에 따라 생략하였습니다.

모든 사람은
한 편의 드라마다

비채

프롤로그

〈무한도전〉을 종영하고 헛헛한 마음을 채우지 못하던 어느 날. 5년을 한 작가 마음도 이런데, 13년 동안 프로그램을 이끌던 유재석 씨의 마음은 오죽했을까. 그날도 유재석 씨와 뭘 하면 재밌을까 이야기를 나누고 있었다. 너무 크고 거창한 거 말고, 작게 시작해서 키워갈 만한 거 없을까? 그러다 문득 스친 생각 하나! 〈무한도전〉 때 유재석 씨와 함께 촬영을 나가면 그는 늘 거리에서 만나는 사람들을 궁금해했다. 이동하는 차 안에서도 혼잣말로 "저 할머니들은 단체로 어디를 가시지?" "아이고, 저분은 무슨 짐을 저렇게 들고 가셔?" 했으니. 차창에 얼굴을 붙이고 한참 사람 구경을 하는 그를 보면서, 되레 밖에 있는 이들이 이 사실을 알면 까무러치겠지 싶어 혼자 웃었다. 이거다! 내가 아는 누구보다 타인에게 호기심이 많은 이 사람을 데리고 거리로 나가 사람들과 이야기를 나누자. 만나고 헤어질 때 머쓱하지 않도록 퀴즈도 하나 준비해서 상금과 상품도 나눠줄까.

프로그램 얼개를 짜고 사전 MC 한 분을 섭외해 어느 아침 카메라 없이 역삼역으로 리허설을 나갔다. '퀴즈를 맞히면 100만 원을 드립니다.' 출근하는 사람은 셀 수 없이 많았지만 리허설은 10분 만에 끝났다. 아무도 퀴즈에 참여하지 않았다. 낯선 이의 인사를 넉살 좋게 받기에 세상은 다소 삭막했고, 애초에 우리가 건넨 인사를 알아채기에 아침 출근길은 한시가 급했다.

하지만 우리에게는 유재석이라는 사람이 있었다. 그 사람을 믿고 호기롭게 길 위로 나섰다. 인물 섭외도, 특별히 짜놓은 대본도 없었다. 그렇게 무작정 출발한 여정. 〈유 퀴즈 온 더 블럭〉의 시작이었다. 그때까지만 해도 프로그램의 정체성은 분명 '유퀴즈?'라는 외침에 방

점이 찍힌 퀴즈쇼였다. 하지만 회차를 거듭할수록 프로그램은 어쩐지 퀴즈쇼가 아닌 토크쇼가 되어갔다. 퀴즈를 시작하기에 앞서 상대에게 건넨 안부 인사는 세상 사는 이야기로 바뀌어 돌아왔다. 이야기에는 항상 기대 이상의 무언가가 들어 있었다. 사람들은 카메라 앞에서 예상보다 솔직했고, 그들의 이야기는 막연히 생각한 범위보다 더 깊숙하게 마음에 와서 닿았다. 〈유퀴즈〉는 점점 사람들의 이야기 수첩이 되어갔다.

길 위의 수다가 무르익을 때쯤 전세계를 멈춰 세운 감염병이 발발했다. 거리로 나가 사람들을 만나지 못하는 상황이 되면서 출연자 섭외가 다른 방식으로 이어졌지만, 〈유퀴즈〉가 추구하는 가치는 크게 달라지지 않았다. 사람을 만나 다정하게 안부를 묻고 솔직하게 이야기를 나눌 것. 이 원칙을 제외한 다른 모든 부분은 자유롭게 열어두고 200화가 훌쩍 넘는 시간 동안 여러 사람을 만나왔다. 예상치 못한 이야기에 호들갑 떨지 않고, 작은 이야기를 확대하지 않고, 미처 알지 못하는 누군가에게 상처를 더하지 않기 위해 최대한 조심스럽게 걸음걸음을 이어나갔다.

〈유퀴즈〉에서 들은 이야기는 우연히 만나 우연히 듣게 된 세상 이야기의 한 조각이라 생각했다. 그렇기에 MC도 나도 중간에 생각을 덧붙이기보다는 최대한 담담한 태도를 유지했다. 귀 기울여 듣는 충실한 청자. 그것이 우리의 색깔이 되어야 한다고 믿었다.

그래도 이따금 작게나마 덧붙이고 싶은 내 이야기가 있었다. 수많은 출연자가 들려준 이야기 중 마음 깊이 공감한 부분, 머리를 스치고 지나간 번뜩이는 단상을 함께 나누고 싶었다. 그분들에게 배운 사랑의 마음과 빛나는 열정도. 그렇게 이 책을 쓰게 됐다. 여기 쓰인 글은 시청자 여러분이 느꼈을 마음과 닮았기도, 조금 다르기도 할 것이다. 무수한 댓글 사이에 작가가 남기고 간 흔적 정도로 여겨주신다면 쓰는 마음이 좀 놓일 것 같다.

이 책이 오늘도 어떤 길을 걸어가고 있을 당신에게 닿아, 다정한 안부 인사로 느껴지길 바란다. 책을 다 읽은 당신이 자신의 이야기를 한 줄 덧붙이고 싶어진다면 더할 나위 없이 좋겠다.

You
Quiz
On The
Block

차례

1부

시작
과
결심

푸바오와 대화할 수 있다면…

사육사

강철원

195화

요즘 길 가는 사람을 붙잡고 좋아하는 동물이 무어냐 물으면 판다라고 답할 사람이 많지 않을까. 조금 더 정확히 말하자면 우리나라 첫 자연 번식 판다 푸바오를 필두로 한, 일명 '바오 가족'에게 푹 빠져 있는 사람이 많을 것 같다.

내 경우 답은 늘 강아지다. 나 역시 판다에 푹 빠져 있긴 하지만, 반려동물이 있다면 아무리 귀여운 생명체가 눈앞에 나타나도 마음속 자리를 내어주기는 어려운 법이다. 내 마음을 온통 앗아간 강아지들과의 인연은 초등학교 6학년 때 시작됐다. '삐삐'라는 시츄와 '루키'라는 페키니즈를 키우게 된 것이다. 동생이 없던 내게 삐삐와 루키는 귀여운 동생이자, 친구이자, 자식 같은 아이들이었다.

반려동물과 함께 지내는 사람이라면 한 번쯤 저 아이가 말을 할 수 있으면 좋을 텐데 하고 바란 적 있을 것이다. 새롭게 바꾼 사료가 입맛에 맞는지, 내가 외출한 시간 동안 방에 오도카니 앉아서 무슨 생각을 하는지, 내게 더 바라는 것은 없는지. 삐삐와 루키가 아플 때는 더욱 그랬다. 언제부터 아팠는지, 어디가 어떻게 얼마나 아픈지 정확히 들을 수 있다면 좋을 텐데. 기운 없이 늘어져 커다란 눈망울만 끔벅거리는 아이들을 보며 야속한 마음에 혼자 애를 태웠다.

판다와 가족이 되기까지

벚꽃이 흐드러지게 핀 2019년 어느 봄날, 〈유퀴즈〉 촬영으로 놀이공원을 찾았다가 행복한 사람들 사이에서 홀로 고민이 깊어 보이던 사육사 한 분을 만났다. 판다 사육을 담당하고 있다던 강철원은 판다 짝짓기에 성

공해서 할아버지가 되는 게 소원이라고, 큰일을 한번 내보고 싶다고 했다. 그런 그가 정말 큰일을 내고 〈유퀴즈〉를 다시 찾았다.

대한민국 사람들을 판다 사랑에 빠뜨린 주역이자, 수십 년을 근무해온 베테랑 사육사인 그에게도 말이 통하지 않는 동물과 소통하는 일은 오랜 과제이자 바람이었다. 유인원 사육을 담당하던 시절에는 유대감을 형성하기 위해 턱수염까지 기를 정도였단다. 사육사가 돌보는 동물들은 대개 약육강식의 야생성이 남아 있어 아파도 아픈 티를 잘 내지 않기에, 건강 상태를 확인하기 위해서는 사소한 변화도 유심히 관찰하며 살펴야 했다. 2016년 암수 판다 한 쌍을 한국에 들여오고, 그토록 어렵다는 번식에 성공해 아기 판다 푸바오를 만나게 되기까지도 그런 노력의 시간이 켜켜이 쌓여 있었다.

관록 있는 사육사에게도 판다 사육과 번식은 일생일대의 과업이었다. 예민하기로 소문난 판다를 한국에 데려오기 전, 그는 중국에 직접 건너가 그들과 가까워지기 위해 애썼다. 한국에 데리고 온 후에는 적응을 돕기 위해 사육장 옆에 침대를 펴고 24시간 같이 지냈다. 아기 판다가 태어나고는 새끼와 엄마 모두 안정기에 접어들기까지 집에 들어가지 않았다. 딸들이 판다와 처지를 비교하며 핀잔을 줄 정도였다.

말 한마디 통하지 않는 낯선 존재 사이에 유대와 신뢰가 쌓이는 것, 관계를 형성하고 서로 삶의 일부가 되는 것. 이러한 마음은 퇴근하고 잠들고 휴가를 떠난다고 해서 사라지지 않는다. 서로 떨어져 있어도 친구이고 가족이듯, 사육사와 판다도 그렇다. 그래서 우리는 이들을 지켜보며 위로받는지도 모른다. 귀여운 걸모습과 익살스러운 애교도 사랑해 마지않지만, 어쩌면 그들 사이 두터이 쌓인 사랑을 사랑하는 것일지도.

아기 판다와의 작별을 준비하며

판다는 생후 만 4년이 되면 짝을 만나기 위해 중국으로 돌아가야 한다. 강철원 역시 한국에서 태어난 첫 번째 판다 푸바오와 이별이 예정되어 있다. 푸바오를 영원히 가슴에 담아둘 거라는 말을 다 마치기도 전에 그는 눈물을 훔쳤다. 푸바오와 대화할 수 있다면 그는 이런 말을 들려주고 싶다고 했다.

"너는 영원한 나의 아기 판다야. 어떤 상황이 오든 난 늘 너의 편이고 너를 생각하고 있어."

반대로 푸바오에게 어떤 말을 듣고 싶냐 물어보자, 딱 한마디가 돌아왔다.

"당신을 만나 행운이었어요."

그 마음을 알 것 같다. 너는 언제나 내게 사랑스럽고 소중한 존재라는 사실을 알려주고 싶은 마음. 속상한 일도 섭섭한 일도 있었겠지만 그래도 나를 만난 일이 네게 기쁨이고 행복이길 바라는 마음.

삐삐와 루키는 우리 가족과 20여 년을 함께 살다가 강아지별로 떠났다. 아이들이 떠나고 시간이 제법 흘렀지만 요즘도 길을 가다가 닮은 강아지를 만나면 눈을 떼지 못한다. 나의 영원한 아기 강아지 삐삐와 루키. 삐삐와 루키를 언젠가 다시 만날 수 있다면, 나도 두 친구에게서 그 말을 듣고 싶다. 당신을 만나 행복했다고.

고길동과 대화할 수 있다면…

만화가

김수정

193화

한 가지 고백하자면 사실 난 만화 이야기로 몇 시간 너끈히 수다 떨 수 있을 만큼 만화책을 즐겨 보는 학생은 아니었다. 오히려 만화, 하면 작품명이나 주인공 이름이 아니라 고등학교 시절 짝꿍이 먼저 떠오른다. 그 친구는 만화 스토리 작가가 꿈이었다. 수업 시간, 쉬는 시간을 가리지 않고 온종일 연습장에 칸을 만들고 말풍선을 그려나갔다. 수업 시간에 선생님의 열정과는 전혀 무관한 공상에 빠져 멍하니 칠판을 보고 있을 때면 한참을 웅크린 채 열중하던 친구가 연습장을 슬쩍 가리키며 목소리 낮춰 묻곤 했다. "언주야, 여기, 얘가 뭐라고 하면 어울릴까?" 왠지 딱 붙는 대사가 떠오르지 않는다며 글 끼적이는 걸 좋아하던 내게 도움을 청한 것이다. 때론 퍼뜩 떠오르는 대로, 때론 수업 시간 내내 고민하다가 나름의 답을 전했다. 우아, 그거 진짜 딱 좋다며 내가 말해준 대사가 그대로 말풍선에 채워질 때면 그렇게 짜릿할 수가 없었다.

고길동의 친구가 되어

만화책을 그다지 즐기지는 않았지만 둘리만은 참 좋아했다. 구박데기 사고뭉치이긴 했지만 왠지 슬프게 느껴져서 마음이 갔다. 내내 밝은 척하는데 외로움이 깊어 보였달까. 그도 그럴 것이 머나먼 남극에서 빙하를 타고(정확히는 빙하에 갇혀서) 머나먼 한국까지 떠내려왔고, 쌍문동에 겨우 새 보금자리를 얻었건만 일상은 사나운 '애완동물' 고길동의 핍박으로 가득한 데다, 엄마를 향한 그리움을 내내 지울 수 없으니. 몰래 눈물짓는 둘리에게 마음이 쓰여서 만화 속에서 위기라도 겪을라치면 덩달아 가슴을 졸였다.

그래서일까. 만화가 김수정을 만났을 때도 왠지 둘리 아빠의 이야기보다 둘리의 오늘이 먼저 눈에 들어왔다. 《아기공룡 둘리》가 만화잡지 《보물섬》에 1983년부터 연재되었다고 하니, 아기공룡은 어느덧 마흔 살 불혹공룡(?)이 되어 있었다. 물론 둘리는 여전히 주름 하나 없이 그대로건만, 그사이 나는 고길동을 미워하던 소녀에서 그의 친구에 가까워졌다. '고길동이 불쌍하게 느껴지면 나이 먹은 거'라더니 정말로 고길동을 다른 눈으로 이해하게 되었다. 쌍문동 이층집이 자가일까 전세일까 궁금하기도 하고, 둘리 일당이 끼친 피해는 보험 접수가 되던지 고길동을 붙잡고 물어보고도 싶었다. 아, 나는 나이를 먹은 것이다.

외로운 둘리는, 귀여운 아기공룡

어릴 때는 둘리만이 슬프고 어딘지 외로움이 있는 친구로 보였는데, 김수정의 말대로 《아기공룡 둘리》 속 캐릭터는 모두 약간의 결핍이 있었다. 엄마가 없는 둘리부터 부모님이 유학을 떠나 어린 나이에 삼촌 집에 맡겨진 희동이, 서커스에서 도망친 타조 또치, 지구별에 불시착한 외계인 도우너, 가수가 되고 싶지만 노래를 잘 못하는 마이콜, 그리고 이상한 녀석들이 갑자기 집으로 쳐들어와 삶이 고달파진 고길동까지.

"아이들은 완벽하지 않아요. 아이는 계속 커가잖아요. 그럼 어른들은 완벽할까요? 아니죠. 사람 자체, 인간 자체가 완벽하지 않아요.

완벽한 것은 재미가 없잖아요. 어딘가 조금씩 부족한 사람들이 모였기에 그 이야기가 드라마도 되고, 사람들에게 감동도 줄 수 있는 거예요."

세상에 부족함 없는 사람이 어디 있고, 결핍 없는 이는 또 누가 있을까. 아이도, 어른도 마찬가지. 다만 세상에 찌들며 깎이고 다친 어른은 가진 것보단 가지지 못한 것에 먼저 눈이 간다. 커다란 제 몸에서 구멍 뚫린 부분만 내내 바라보며 슬퍼하기 일쑤다.

그러나 둘리와 또치와 도우너와 마이콜에게 자신의 결핍은 크게 중요하지 않다. 물론 열심히 엄마를 찾고, 서커스단에서 잡으러 올까 불안해하고, 깐따삐야 별로 돌아가려 애쓰고, 꿋꿋하게 노래자랑에도 참가하지만 왁자지껄 몰려다니는 매 순간을 즐긴다. 네가 가지지 못한 걸 손가락질하지 않고, 내가 가진 걸 마구 흔들어 보이지도 않았다. 완벽이 아닌 불완전성을 만끽했다고 해야 할까. 그러니 둘리는 슬프고 외롭기만 한 아기공룡이 아니라 슬프지만 개의치 않는 아기공룡이던 거다.

고길동을 이해하는 어른이 되었다며 한탄하던 내 모습도, 그게 결핍 때문이든 상실감의 결과이든 간에 그냥 그대로 받아들이면 될 일이다. 김수정의 말대로, '삶에는 원래 답이 없으니까'. 정답 따위 없는 것이 인생. 답이 없이 사는 것도 정상. 너는 너로서, 나는 나로서, 결핍은 결핍대로, 삶은 그렇게. 둘리와 친구들처럼!

참, 둘리 이야기를 마무리하려다 떠오른 일 하나. 예

전에 한 프로그램에서 만화 코스튬 의상이 필요해서 우리나라에서 제일 큰 업체를 찾아 도움을 구한 적이 있다. 회사로 전화를 걸어 한참 대화를 나누던 중 알게 됐는데, 그 업체의 대표가 내게 연습장을 내밀며 대사를 묻던 그 친구였다! 너무 놀라 별로 '좋은 대사'일 수 없는 인사말만 잔뜩 건넸지만……. 때로 삶이란 얼마나 만화 같은지.

나는 아직 내 연주에 만족하지 못했다.

피아니스트 조성진

186화

어릴 땐 왜 그렇게 피아노가 배우기 싫었는지. 엄마가 집에 없는 날이면 레슨 선생님이 찾아와 벨을 눌러도 사람이 없는 척 숨죽이고 숨어 있었다. 생각해보면 그때 선생님도 고작 이십대 초반 대학생이었건만 문밖에서 얼마나 황당했을까 싶다. 그 짓을 몇 번 반복하다가 결국 엄마에게 걸려서 크게 혼났다. 그럴 거면 피아노 때려치우라는 일갈과 함께 결국 레슨을 관뒀는데, 혼날 땐 무서웠지만 이제 피아노 지옥에서 해방이구나 싶어 그땐 또 그게 좋았다. 참 속도 없는 어린 시절이었다. 지금은 매번 후회한다. 아, 나도 악기 하나 멋들어지게 다룰 수 있다면 얼마나 좋을까!

그렇게 관둬놓고서 어른이 되니 피아노는 동경의 대상이 되었다. 피아노 앞에 앉으면 멋쩍게 뚱땅뚱땅 눌러보는 게 전부인 나는 열 손가락을 모두 움직여 유려하게 연주하는 사람이 신기하기만 하다. 조성진을 촬영장에서 만났을 때, 불경스럽게도 마음속으로 '저분은 어릴 때 피아노 치기 싫어서 숨은 적 없겠지' 생각했노라 이제야 고백한다.

나와는 다른 특별한 사람

평범한 사람이 쉽게 넘볼 수 없는 압도적인 재능을 가진 사람, 그 재능으로 최고와 최초의 타이틀을 거머

줘는 사람. 그런 이들을 흔히 천재라는 단어로 묶는다. 그들이 가진 달란트를 추앙하는 의미도 있겠지만, 그 비범함을 나와 구별하여 안도감이나 위안을 느끼려는 것일지도 모른다. 천재는 타고 나길 잘하는 사람, 잘할 사람, 잘해야만 하는 사람이라고 명명하며 말이다.

세계 3대 음악 콩쿠르인 쇼팽 국제 피아노 콩쿠르에서 한국인 최초로 우승한 조성진. 어린 나이에 화려하게 세상에 등장한 천재 피아니스트 앞에 수없는 기회가 주어지는 건 당연해 보였다. 그에게는 모든 게 쉬워 보였다. 우리가 상상하는 여느 천재의 삶이 그렇듯 말이다.

손쉬운 삶은 없다

하지만 그라고 모든 일이 쉬웠을까. 조성진이 꿈의 무대였노라 손꼽은 2017년 베를린 필하모닉 협연과, 2020년 뉴욕 카네기홀에서 열린 빈 필하모닉 협연. 두 무대는 솔리스트에 공석이 생기며 갑작스레 맡게 된 대타 자리였다. 심지어 2020년 공연은 연주회 시작 24시간 전에 제안이 들어왔다. 한동안 연주하지 않던 곡을 쳐야 했기에 잠시 망설였지만, 곧바로 밤새 피아노를 연습할 수 있는 곳을 찾았다. 한 호텔 로비의 피아노를 빌려 새벽 내내 곡을 연습하고 동틀 무렵 곧장 뉴욕행 비행기를 탔다. 무아지경 상태에서 공연을 마치고 호텔 방으로 돌아오니 코에서 피가 흘렀다고 했다.

갑자기 내 앞에 떨어진, 하늘이 내린 듯한 기회. 하지만 그 기회를 잡아 자신의 것으로 일궈낸 데에는 조성진의 피나는 노력이 있었다. 거뜬해 보이던 성취로 가득한 삶 이면에는 그것을 이루기 위해 부단히 노력한 시간이 있었다. 그러한 타인의 노력을 천재라는 미명하에 가볍게 치부해버린 것은 아닐까. 피나는 인고를 별것 아닌 양 넘겨버리진 않았을까.

"제가 조금이나마 만족할 수 있는 연주를 하고 싶은데, 쉽지 않아요. 정말 만족할 만한 연주는 열 번? 몇 번 안 됐을 거예요. 그 횟수를 늘리고 싶은 마음이에요."

1년에 백 회 정도 연주를 하러 세계를 돌아다니는 조성진은 그간 해온 수많은 연주 중 만족할 만한 것은 채

열 번이 되지 않는다고 했다. 자신이 만족할 연주를 위해 그는 또 얼마나 많은 시간을 연습으로 채워갈까. 새로운 기회를 잡고 그 시간을 치열하게 꾸려갈까.

얼마 전 신문을 읽다가 조성진이 2024년 베를린 필하모닉의 상주음악가로 활동하게 되었다는 기사를 보았다. 〈유퀴즈〉에서의 만남 이후로 그가 보낸 노력의 시간을 살짝 엿본 듯한 기분에 괜히 더 들뜨고 반가운 마음이다.

"제가 정말로
만족할 수 있는
연주를
하고 싶어요."

나는 아직 궁금하다.

작가·화학자

곽재식

93화

호기심은 사랑이다. 누군가는 오지랖이 넓다는 말로 폄하할지 몰라도, 〈유퀴즈〉 작가인 나에게 타인과 바깥 세상을 향한 관심은 필수 덕목이나 다름없다. 애초에 '저분은 여기서 뭐 하시나?' 하는 궁금증에서 시작한 프로그램이다. 더군다나 내 주변 최고의 호기심꾼이 진행을 맡고 있고, 오랜 시간 사람을 탐험해온 방송을 지켜보는 시청자 역시 호기심 많은 분들일 테니, 내가 어찌 호기심을 사랑하지 않을 수 있을까.

이토록 호기심으로 똘똘 뭉친 프로그램에 압도적인

호기심꾼이 나타났다. 작가이자 화학자로 다양한 경계를 넘나들며 활동중인 곽재식이다.

이 시대 최고의 괴물 사냥꾼

작가로서 그의 주된 관심사는 한국 괴물에 관한 것이다. 사극을 쓸 기회가 생겨서 조선 시대 야담집인《어우야담》을 읽다가 민담 속 괴물에 관심이 생겼다고 했다. 이제는 잊힌 괴물의 이야기를 더 많은 이들과 나누면 재밌겠다는 생각으로, 괴물을 등장시켜 소설을 쓰고 온라인상에 소개도 하며 '괴물 작가'가 되었다.

그가 들려주는 괴물 이야기가 흥미롭긴 했지만, 전통 괴물을 발굴해 알렸다는 업적 때문에 그를 만난 것은 아니었다. 그의 궁금증을 쭉 따라가면 더욱 재미난 이야기가 숨어 있었다. '어떤 괴물이 있었는가'를 좇다 보면 '사람들이 왜 그런 괴물을 만들고 믿었는가'라는 질문으로 이어질 수밖에 없는데, 대답을 찾다 보면 그 시대의 관심사나 걱정거리를 알 수 있다는 것이다. 괴물에서 출발한 작은 호기심의 물결은 당대 사회상이라는 거대한 담론까지 큰 파동을 그리며 퍼져 나갔다.

비단 괴물 이야기뿐 아니라, 작가이자 화학자이기도 한 그의 호기심의 범주는 훨씬 드넓었다. 액체 상태의 날달걀을 가열하면 왜 고체가 되는지, 멀리 있는 건물의 높이를 직접 재지 않고 알 방법은 없을지……. 그는 촬영 내내 수학과 과학으로 세상 만물의 답을 찾을 수 있으니 그 얼마나 멋지고 대단한가를 끊임없이 설파했다.

호기심은 한곳에서 만난다

그간 수많은 이가 〈유퀴즈〉에 출연해 희대의 명언을 남겼지만, 이날 곽재식이 세상 만물을 보며 입버릇처럼 내뱉던 한마디를 지금도 잊을 수 없다.

“궁금하잖아요. 안 궁금해요? 궁금할 때 있잖아요. 궁금할 수 있잖아요.”

흔한 일상도 허투루 보지 않으며 마음속 물음표를 띄우고, 한 가지 질문에서 파생한 꼬리 질문으로 수십 가지 답을 찾아내는 그의 태도는 〈유퀴즈〉의 움직임과 제법 가깝지 않을까. 곽재식의 말을 들으며 나는 문득 MC 유재석의 인사말을 떠올렸다. 우리가 자유로이 거리를 돌아다니며 사람을 만나던 시절, 그는 마주치는 사람에게 언제나 첫마디로 “어디 가세요?” 하고 물었다. 그 질문은 정말로 행선지를 묻는다기보다는 누군가의 속 이야기를 묻는 신호탄에 가까웠다. 물론 곽재식의 지적 호기심을 두고 유재석은 짐짓 과장하며 “궁금하냐고요? 나는 그대가 신기합니다”라고 반응했지만, 내 생각에 두 사람은 다르지 않다.

우리가 사는 세계에서 수학이 마법 주문이 되고, 요리의 세계에서 과학이 조미료가 된다면 방송의 세계에서 사람은 새로운 이야기가 된다. 수학과, 과학과, 사람을 향한 호기심. 그 마음이 다르다고 할 수 있을까.

당신을 향한 호기심을 펼치다

호기심은 우리를 움직인다. 기꺼이 움직여 이유를 찾고 묻고 듣게 한다. 호기심으로 가까이 다가간 누군가에게서 '나와는 아주 다른 이야기'를 듣게 될지라도, 곽재식과 유재석의 경우처럼 뜻밖의 공통점을 찾아낼 수도 있다. 불현듯 발견한 공통점은 서로를 이해하는 첫 문장이 되리라. 그러고 나면 조심스러운 손길로 내 앞의 당신을 향한 호기심을 펼쳐 보여도 좋겠다. 그렇게 호기심을 겹치고 덧붙이고 이어가면서, 내가 아는 세상이 조금 더 넓어지길 기대해보는 것이다.

다음번의 힘을 믿는다.

월가 애널리스트
신순규

155화

몇 년 전부터 이런저런 구독 서비스가 참 많아졌다. 구독의 본뜻은 '책이나 신문, 잡지 따위를 구입하여 읽음'이지만 요즘은 그와 무관하게 다달이 금액을 지불하고 상품을 받아본다는 의미로 보편적으로 쓰인다. 원두, 채소, 양말, 점심 도시락 등 다양한 제품을 구독할 수 있는 지금, 내가 이용하는 서비스는 꽃 배달이다. 집 안 곳곳 꽃을 꽂아두면 어딘가 넉넉해지는 기분이 마음에 들어 가벼운 마음으로 구독을 시작한 것이 벌써 몇 년째다.

꽃에는 마법 같은 힘이 있어서 그저 바라보는 것만으

로 기분이 바뀌기도 한다. 예컨대, 우울할 때 특효는 장미꽃. 화병 앞을 지나가면 달큼한 향기에 기분이 절로 좋아진다. 의욕이 마구 솟구칠 때는 화사하게 핀 해바라기가 제격이다. 큼지막한 꽃의 얼굴을 마주하면 무엇이든 해낼 수 있을 듯한 기분이 든다.

뉴욕 베이글의 맛을 떠올리며 행복한 미소를 짓는 이 사람을 보고 문득 '참 해바라기 같다'라고 생각했다. 월가의 잘나가는 애널리스트 신순규. 미국 최고最古의 증권회사 임원이라는 엄청난 커리어와 그의 순박한 웃음에 빠르게 사로잡힌 나머지, 많은 분이 그가 시각장애인이라는 사실을 눈치채지 못했을 것이다. MC가 언급하기 전까지 시각장애인에 대한 흔한 편견 중 어떤 것도 그에게서 발견하지 못했을 테니까. 신순규는 편견을 가능성으로 치환하는 삶을 살아왔으니, 이런 반응이 당연할 수도 있겠다.

나를 믿어준 단 한 사람의 힘으로

그는 '시각장애인이어서 안 된다'라는 편견을 '시각장애인이어도 가능하다'라는 생각으로 허물어뜨려왔

다. 노력이 결실을 맺기까지 그의 곁에는 '할 수 있는 방법'을 함께 찾아준 귀중한 사람들이 있었다. 점자로 참고서를 직접 만들어준 어머니. 일반 학교에서도 얼마든지 공부할 수 있다고 물심양면 지원한 유학 시절 미국 홈스테이 가족들. 양궁을 가르쳐준 선생님, 월가로 직접 들어가 부딪혀보라고 조언해준 교수님, 자신을 기꺼이 동료로 받아준 친구까지. 신순규는 스스로 인복이 좋다고 말하며 자신에게는 언제나 '한 사람'이 있었다고 했다. 하지만 그가 이뤄온 모든 것이 정말 우연히 만난 한 사람 덕분이기만 했을까.

"시각장애인이라는 이유만으로 택시 기사가 탑승을 거부할 때도, 직장을 찾을 때도 늘 그렇게 생각했어요. '넥스트 원Next One!' 딱 한 사람. 내게 기회를 줄 한 사람만 있으면 된다고."

중요한 것은 끊임없이 부딪힐 용기

거절의 경험이 많아지면, 자신을 받아줄 한 사람의 존재를 믿기 어려워진다. 기회를 놓치면, 다음 기회가 오리라는 믿음이 약해진다. 열심히 쌓은 탑을 편견만으로 누군가 무너뜨리면, 다른 방법을 찾아 나설 힘이 사라진다. 하지만 그는 믿었다. 매번 용기를 냈다.

"누구에게나
언제나
딱 '한 사람'만
있다면."

가능하리라는 말을 전해준 양궁 선생님을 만나기까지, 월가에서 자신을 받아줄 때까지, 다음 택시가 자신을 태워줄 때까지 용기를 내서 방법을 찾는 것. 실력도 있고 운도 좋았겠지만, 무엇보다 기회를 찾아 끝없이 부딪힌 용기가 지금의 그를 만든 가장 큰 동력 아니었을까. '이번에는 안 돼도 다음번!'을 외치며 도전한 모든 시도가 모여 지금에 이른 것일 터다.

삶은 단 한 사람의 존재로 위대해진다

믿음과 용기가 꼭 결과를 만들어내지 못하더라도 괜찮다. 성취가 위대한 것이 아니라, 끈기 어린 도전 자체가 위대한 것이니까. 그리고 그 과정에서 나를 믿어주는 소중한 한 사람을 만날 수 있을 테니까. 한 사람을 만나서 성공한 게 아니라, 한 사람을 만난 것이 성공이다.

당장은 외롭고 방법이 없어 보일지라도 보이는 것이 전부가 아닐 수 있다. 가능성을 믿고 길을 가다 보면 같은 가능성을 믿는 한 사람이 홀연히 나타날 수도 있다. 혹은 내가 누군가의 가능성을 믿어주는 그 한 사람이 될 수도 있다. 걸출한 성과를 낼 수 있다는 확신이 들 때가 아니라, 혼자가 아니라는 사실을 알게 될 때 우리는 비로소 살고 싶은 삶을 그리고, 믿고, 살아가게 되리라 믿는다.

아홉 살의 지혜를 믿는다.

대봉초 2학년 어린이들

권혜정, 김도현, 윤수임

153화

줄넘기 잘하는 법, 수업 시간에 화장실 가는 법, 글씨를 예쁘고 바르게 쓰는 법, 급식실에서 싫어하는 음식이 나왔을 때 대처법. 아이들이 초등학교 1학년 생활을 돌아보며 직접 쓴 책에는 상상도 못 한 비법이 가득했다. 어린이는 좀 쉽게 사는 줄 알았다. 어른이 된 지 너무 오래되어서 그 시절의 어려움은 잊어버렸나 보다. 어린 조카나 지나가는 아이들을 보며 마냥 부러워했다. '너희는 일을 안 해도 되는구나' '너희는 그저 즐겁기만 해도 칭찬을 받는구나' 하며.

하지만 어른에게 어른의 삶이 있듯, 아이에게도 아이의 삶이 있다. 어린이 나름대로 고민이 있고 어려움이 있다. 바보 같은 어른이가 그 사실을 깜빡했을 뿐이다. 더군다나 코로나 시국에 학교에 입학한 아이들의 어려움이란, 지금의 어른들은 상상조차 하기 힘든 것일 테다.

아홉 살 꼬마 선배들의 지혜

2학년 선배가 되는 혜정, 도현, 수임이 책에 꾹꾹 눌러 담았다. 어려움이 많지만 무서워하지 말라고. 해보니

까 괜찮다고. 그렇게 할 말 많은 2학년이 1학년에게 보내는 메시지란 '겁먹지 말 것!' 그리고 '2학년이 되면 뭐든지 다 잘하게 된다'였다. 뭐든 잘해야 하고, 또 잘하게 된다는 말에 놀라 다시 물으니, 1학년 때는 전혀 못하던 것을 지금은 조금 더 잘하게 되었다는 뜻이었다. 세상에. 아이들은 자신이 커가고 있음을 알뿐더러 그 사실을 즐기고 있었다. 그래서 성장이 조금은 힘들지라도 충분히 즐길 만하다는 깨달음을 동생들에게 전하고 싶은 듯했다.

"2학년이 되어보니 선배란?"

"뭐든지 잘해야 해요."

"그런데 그럴 수 있어?"

"(아주 단호하게) 네.
김도현은 1학년 때 태권도를
잘하지 못했는데 지금은 잘하잖아요.
저도 1학년 때 노래를 잘하지 못했는데
지금은 잘하고요."

아이들이 나보다 더 의젓하게 제 삶을 살아내고 있었다. 하루하루 줄넘기를 한 개 더 하고, 못 먹던 김치를 먹고, 받아쓰기를 덜 틀리면서 자신의 성장을 기뻐하고 있었다. 아이들의 씩씩한 조언은 어른의 참견과 가르침보다 훨씬 큰 의미를 안고서 1학년 동생들에게 다가갈 것이다.

"어른은
어른의 삶을 살고,
아이는
아이의 삶을
사는 거예요."

아이들의 책 쓰기를 도와준 담임선생님은 글을 보며 아이들이 제 나름의 생각을 가지고 있음을 새삼 느꼈다고 했다. 어리고 작아 보여도, 안에는 단단한 심지가 들어 있다고. 그러면서 어른들이 아이를 믿고 지켜봐주었으면 한다는 바람을 살짝 덧붙였다.

"'걱정하지 마. 학교는 재밌는 곳이야. 기대해도 좋아.' 제가 하면 안 믿을지 모르지만, 아이가 그 말을 하면 믿어요. 아이들 안에는 교사보다 더 의젓한 조언도 있고, 전문가보다 더 의젓한 조언도 있지요. 오십이면 오십 살의 삶을 살고, 아이들은 여덟 살의 삶을 사는 거예요."

아이는 아이대로, 어른은 어른대로 각자의 삶을 산다. 그러니 아이를 믿고 아이의 힘을 믿으며, 또 어른을 믿고 어른의 힘을 믿으며, 서로의 삶을 성숙하게 응원했으면 좋겠다. '세상은 재밌는 곳이야. 기대해도 좋아.' 그런 말을 어른이들도 나눌 수 있으면 좋겠다. 혜정, 도현, 수임이가 1학년 아이들에게 했듯이.

〈유퀴즈〉 촬영장을 소개합니다

출연자

출연자를 섭외할 때 가장 중요하게 생각하는 포인트는 '요즘 가장 궁금한 사람'. 궁금한 인물의 새로운 이야기를 모두가 공감할 수 있게 풀어가는 것이 목표다.

촬영장

〈유퀴즈〉는 고정 스튜디오가 아니라 다양한 장소에서 촬영을 진행한다. 요즘은 거의 렌털 스튜디오나 카페를 이용 중. 덕분에 서울과 근교의 스튜디오는 빠삭하게 꿰고 있다. 새로 생긴 카페를 SNS 검색을 통해 찾기도 한다.

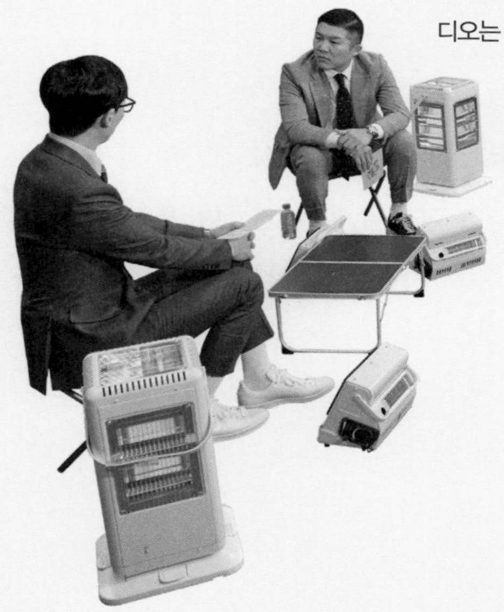

제작진

〈유퀴즈〉의 숨은 공신들. 촬영 장소가 달라져도 제작진 수는 변화가 없기에, 가끔 좁은 실내에서 촬영을 하게 될 경우 일부 스태프는 다른 방에서 오디오 모니터로 촬영을 지켜본다.

MC 큰자기 유재석

유재석 씨와의 인연은 〈무한도전〉부터 이어졌다. 〈유퀴즈〉를 기획하던 2018년, 예능 프로그램은 MC를 여러 명 두는 것이 대세였는데 우리는 단출하게 진행해 보자고 뜻을 모았다. 〈무한도전〉이 끝날 무렵 합류해서 아쉬움이 컸던 조세호 씨까지 해서 지금의 2인 MC 체제가 완성됐다.

유재석 씨의 tvN 입성은 당시 큰 이슈였다. 대형 MC의 첫 프로그램이 과연 무엇이 될지 기대하는 이가 많았는데, 길거리 시민을 만나러 가는 소소한 기획이라는 내용이 알려지고 나서 석연치 않은 눈초리를 받기도 했다. 원래 프로그램은 작게 시작해서 크게 키워야 하는 법인데…….

유재석 씨에겐 배울 점이 정말 많다. 가끔 촬영이 제작진 생각대로 풀리지 않는 날이면 그의 진가가 나온다. 끝까지 최선을 다해 토크를 이끌어가 유려하게 종지부를 찍는 모습을 보며 늘 많은 것을 배운다.

프로그램 바깥에서도 마찬가지다. 살아가다 고민이 생기면 종종 유재석 씨에게 전화한다. “오빠, 이런 일이 있는데 저는 어떻게 하면 좋을까요?” 물어보면 늘 분명하고 명쾌한 조언이 돌아온다. 여러모로 믿고 의지하는 참 고마운 인연이다.

MC 아기자기 조세호

마음이 여리고 착한 조세호 씨는 공감 능력이 뛰어난 MC다. 토크를 진행하다가 출연자의 인생 이야기에 눈시울을 붉힐 때가 많다. 출연자의 마음을 그 누구보다 두루 잘 살피기도 한다.

프로그램 초창기에 이런 일이 있었다. 목포 길거리에서 촬영을 진행한 날이었는데, 아주머니 한 분이 우리에게 감자를 한 소쿠리 삶아 나누어주셨다. 양이 제법 많아 출연자, 스태프 너 나 할 것 없이 나누어 먹고도 몇 개가 남았다. 그러자 주신 정성을 생각해서라도 남겨두는 건 예의가 아니라며 조세호 씨가 감자를 제 주머니에 넣었다. 서울로 돌아오는 KTX에서 그 감자를 참 맛있게 먹던 모습이 생각난다.

조세호 씨에게 멋진 점이 또 하나 있다. 바로 체중 감량을 한 것. 감량도 감량이지만, 4년 넘은 지금까지도 요요 없이 건강히 몸을 유지하는 끈기와 비법을 배우고 싶다. 그리고 보니 문득 궁금해진다. 요즘도 계단으로 다니려나? 이번 주 촬영장에 가면 세호에게 한번 물어봐야겠다.

행복하세요...

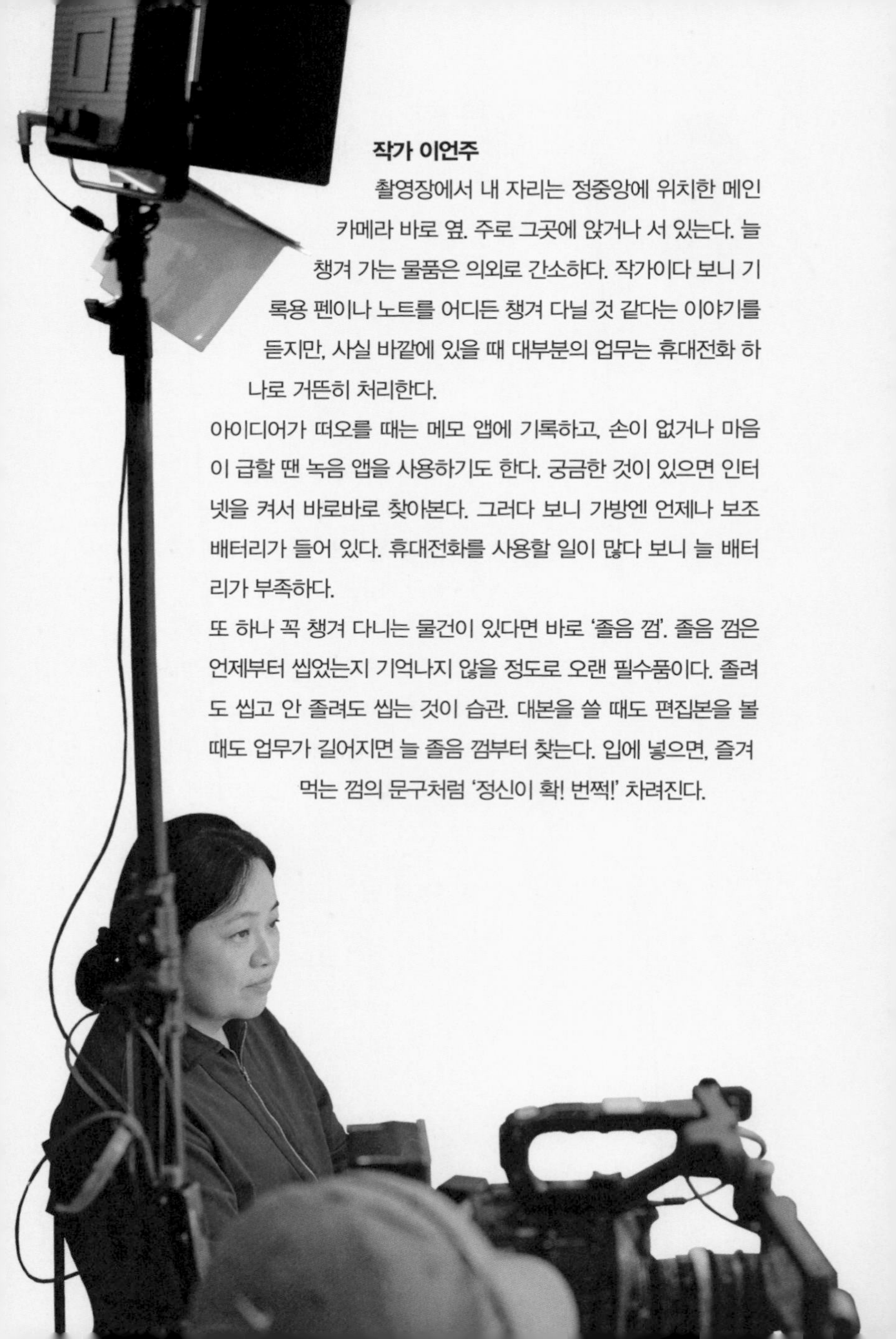

작가 이언주

촬영장에서 내 자리는 정중앙에 위치한 메인 카메라 바로 옆. 주로 그곳에 앉거나 서 있는다. 늘 챙겨 가는 물품은 의외로 간소하다. 작가이다 보니 기록용 펜이나 노트를 어디든 챙겨 다닐 것 같다는 이야기를 듣지만, 사실 바깥에 있을 때 대부분의 업무는 휴대전화 하나로 거뜬히 처리한다.

아이디어가 떠오를 때는 메모 앱에 기록하고, 손이 없거나 마음이 급할 땐 녹음 앱을 사용하기도 한다. 궁금한 것이 있으면 인터넷을 켜서 바로바로 찾아본다. 그러다 보니 가방엔 언제나 보조 배터리가 들어 있다. 휴대전화를 사용할 일이 많다 보니 늘 배터리가 부족하다.

또 하나 꼭 챙겨 다니는 물건이 있다면 바로 '졸음 껌'. 졸음 껌은 언제부터 씹었는지 기억나지 않을 정도로 오랜 필수품이다. 졸려도 씹고 안 졸려도 씹는 것이 습관. 대본을 쓸 때도 편집본을 볼 때도 업무가 길어지면 늘 졸음 껌부터 찾는다. 입에 넣으면, 즐겨 먹는 껌의 문구처럼 '정신이 확! 번쩍!' 차려진다.

"지금 잘하고 계세요!"

나는 나를 더는 괴롭히지 않기로 했다.

구글 수석 디자이너
김은주

115화

좁은 생각에 갇혀 자신의 견문이 전부인 양 여기는 사람이 되지 말아라, 열린 자세로 더 넓은 세상을 꿈꿔라. '우물 안 개구리'는 금기이자 콤플렉스였다. 그 말을 숱하게 들으며 자라와서일까. '지구촌 능력자' 특집에 섭외한 김은주는 누구보다 당당하고 패기 넘치는 사람일 줄 알았다. 여러 글로벌 기업을 거친 끝에, 꿈의 기업 구글 본사에서 일하는 수석 디자이너. 현대인의 일상 속 한 부분을 디자인했다고 해도 과언은 아닐 사람. 나는 그에게서 작은 영웅담을 기대했다. 한반도를 벗어나 전세계를 무대로 활약하는, 우물 밖 이야기를.

불안은 자책을 먹고 자란다

예상과 달리 김은주는 "우물 안 개구리가 되자"라는 말을 꺼냈다. '나는 여기 어울리지 않아, 그런데 최선을 다하고 있지도 않아.' 스스로 부족하다고 느끼는 자책의 마음, 돌파구를 찾지 못해 허둥대는 불안의 마음. 누가 보아도 '능력자'인 사람이 가질 거라고 상상도 못 한 마음을 그는 내도록 품어왔다고 고백했다.

온갖 음식이 무료이고 출퇴근이 완전히 자율인 회사

는 동시에 끊임없이 내 능력을 스스로 입증해야만 하는 엄격한 곳이었다. 몸값에 합당한 성과를 내야 하고, 부족하면 날카로운 피드백이 화살처럼 날아온다. 자신을 쉴 새 없이 몰아쳐야 하는 상황에선 제아무리 뛰어난 사람도 이내 지치지 않을까. 더군다나 나 외에는 모두 제 몫을 척척 (심지어 여유롭게!) 해내는 것 같다면.

김은주는 가진 것 이상을 해내야 한다는 강박에 사로잡혔다. 무엇을 하든 늘 부족하다고 느끼며 자신을 원망했다. 과중한 부담감에 짓눌린 끝에 어느 순간 고장이 났다. 할 일이 쌓였는데도 인터넷 서핑이나 하고, 배가 고프지 않아도 계속 먹었다. 왜 이러는지 모르겠다는 자책감에 '집중해!' '절제해!' 하며 또 '노력'을 끼워 넣었겠지. 그런다고 고장 난 마음이 쉽사리 고쳐질 리 없었다. 노력으로도 제어가 되지 않자, 그는 자신을 더 미워하게 됐다.

"당신이 자꾸 먹는 건 몸이 에너지가 필요해서, 살기 위해 먹는 거예요. 계속 인터넷을 보는 건 마음이 안정감을 얻을 만한 쉴 곳을 찾는 거고요. 몸과 마음이 어떻게든 살아내려고 애쓰고 있으니 너무 자책하지 말아요. 조금만 본인에게 친절해도 괜찮아요."

더 무너지기 전에 찾아간 심리상담사는 지친 마음을 알아보고 '그래도 괜찮다'라는 말을 건넸다. 몸과 마음이 보낸 구조 신호에 귀 기울이지 못하고 그저 시끄러운 사이렌이 멈추기 기다리던 김은주는 그 말에 위로받았다. 그리고 불안을 해소할 수 있는 실마리를 찾았다.

나를 괴롭히지 않는 법

그는 자신이 가지지 못한 것이 아니라 가진 것에 집중하는 게 중요하다는 사실을 깨달았다. 갖추지 못한 능력을 계발하기 위해 스스로를 채찍질하며 괴롭히지 말자고 다짐했다. 우물 안 개구리에서 벗어나 활동 반경을 넓혀가야 한다고만 여겼는데, 정작 행복은 '우물을 벗어나 바다로 가는 것'이 아니라 '내가 개구리임을 받아들이는 것'에서 비롯되지 않나, 하는 깨달음. 내가 '나'여도 괜찮아, 개구리여도 괜찮아.

타인의 기대에 맞추어 자신을 바꾸며 스스로를 괴롭

히는 마음이 누구에게나 있구나, 완벽해 보이는 이도 그런 마음과 싸우고 있구나……. 누구나 그런 모습이 있고, 누군가 먼저 그 마음을 내려놓고 편해졌다는 이야기를 들으니 내 마음도 한결 가벼워지는 기분이었다.

연말 평가 시즌이 다시 돌아왔을 때, 김은주는 모두를 응원하고 싶은 마음에 '우물 안 개구리' 이야기를 그룹 메일로 보냈다고 한다. 그러자 수많은 동료가 공감하고 위로받았다는 답신을 해왔다. 완벽하게만 보이던, 아무 문제 없어 보이던 동료들이 자신도 개구리라며 튀어나왔다. 마침내 개구리들은 자신이 개구리라는 사실, 자신

말고도 수많은 개구리가 있었다는 사실을 깨닫고 서로 위로를 나눴다.

개구리여도 괜찮아

애써 만든 프로그램인데 반응이 좋지 않을 때, 작가는 정말 괴롭다. 방송 후 어떤 문제가 생겨 지탄받을 때는 더더욱 그렇다. 연차가 쌓이면 좀 쉬워질 줄 알았는데 어째 늘 새롭게 힘들고 점점 더 어렵다. 〈유퀴즈〉라고 뭐 다를까. 본 방송일인 수요일이면 TV 근처에도 가지 못한다. 열심히 준비한 마음과 시청자분들의 마음이 늘 한 방향일 수는 없다는 걸 아는데도 말이다.

요즘은 괴로운 일이 생길 때면 슬며시 개구리 이야기를 떠올리며 마음을 쓰다듬는다. 열심히 하려 할수록 커지는 불안과 자책으로 마음이 무거운 누군가가 있다면, '우물 안이어도 괜찮은 개구리' 이야기가 위로가 되면 좋겠다. 내 마음이 그랬듯이, 부디 그 누군가의 마음도 어루만져지기를. 그래서 더는 괴롭지 않고 스스로 괴롭히지도 않기를 진심으로 바란다.

"올해는 더 힘들지
몰라요. 그래도 우리
애쓰고 있잖아요.
우리 모두
본인에게
친절하기로 해요."

나는 나를 살뜰히 어루만진다.

비밀정원 주인
김영갑

22화

MCM 전 대표
류근오

32화

바야흐로 백 세 시대. 이십대 중후반에 일을 시작해 육십 세에 은퇴한다 치면, 일해온 만큼의 시간을 퇴직 상태로 보내야 한단 소리다. 어느덧 현장에 선배보다 후배가 많아진 나는 종종 퇴직 후 삶을 상상해본다.

〈유퀴즈〉를 시작한 첫해 여름, 뜨거운 햇살 아래 은퇴 후 삶을 영롱하게 꾸려가는 두 사람을 우연히 만났다. 오래도록 해온 일과 멀어진 삶이 아직 익숙하지 않은 듯 이야기에서 아쉬움과 회한이 묻어나기도 했지만, 살짝 들여다본 두 분의 삶은 어느 젊은이보다 싱그러웠다.

비밀정원에서 온 초대장

번잡한 서울 한복판에서 살짝 들어가 자리한, 조용한 정릉을 찾아간 날. 길을 거닐던 두 MC는 갑자기 마주친 김영갑의 집에 초대받았다. 꽃과 나무로 가득해 초여름의 활기가 가득 느껴지던 마당에 들어서니 비밀정원이라도 발견한 기분이었다. 스태프 모두를 초대하듯 대문을 아예 위로 들어 올려 반겨준 그는 금세 단정하게 옷을 갈아입고 카메라 앞에 앉았다. 그리고 예상치 못하게 6개월 차 은퇴 라이프에 관한 토로를 시작했다.

"일을 그만두니 굉장히 슬프더라고. 세월이 참 빠르구나, 어느새 내 나이가 이렇게 됐구나, 내 인생 이렇게 다 살았구나……."

'요즘의 나를 다섯 글자로 표현한다면'이라는 질문에 돌아온 답은 "너무 심심해". 안부를 여쭀을 뿐인데 어쩐지 큰 이야기가 나왔다. 가볍게 웃으며 넘기기 쉽지 않았다. 말끝에 묻어나는 쓸쓸함과 무력감이 고스란히 전해졌으니까. 하지만 그날 촬영은 끝까지 적적하지는 않았다. 그가 쓸쓸함을 반가움으로, 무력감을 소박한 가꿈으로 잘 보듬고 있다는 사실이 느껴졌기 때문이다.

낯선 촬영팀을 두 팔 벌려 초대하고, 작은 꽃과 풀을 부지런히 돌보는 일은 그가 삶을 꽉 차게 지속하고 있음을 증명하는 것 같았다. 일을 그만둔 것이지 삶을 그만둔 것이 아니다. 세상에 설 곳이 없어졌다고 슬퍼했지만, 그는 이미 자신의 자리를 만들고 또 기꺼이 나누고 있었다. 그 모습을 보며 앞으로도 그가 자신의 자리를 찬란하게 가꿔갈 것이라고 확신했다.

정원에 물 주는 장면을 마지막으로 촬영하는데, 그가 돌연 가족에게 영상 편지를 띄웠다.

"나 죽으면 보고 싶을 때 녹화한 필름 틀고 봐라. 잘 먹고 잘 살아. 싸우지 말고. 이상."

코끝이 살짝 시큰해졌지만, 알 수 있었다. 그가 지금 자신의 자리뿐만 아니라, 자신이 떠난 자리를 보듬어볼 이의 자리까지 살뜰히 살피고 있음을.

신당동 골목길 우연한 만남

신당동 골목에서 이뤄진 만남도 잊을 수 없다. 폭염에 카메라마저 녹아내릴 것 같던 오후의 끝자락, 잠시 쉬어가자고 앉은 그늘 밑 벤치에서 바쁜 걸음을 옮기는 사람을 만났다. 뭔가 목적이 있어 보이는 발걸음은 우리의 호기심을 유발하기에 충분했다.

가죽 제품 시장조사를 다녀온다는 그는 땀을 흠뻑 흘렸지만, 목표한 일을 다 마쳤고 휴가차 집에 온 둘째와 퇴근 후 '소맥' 한잔할 생각에 기분이 좋다고 했다. 35년 동안 일하다가 얼마 전 은퇴했다는 그는 패션 브랜드 MCM의 전 대표 류근오였다.

지금은 떠나온 회사에서 자문직 감사 역할 정도만 하고 있다는 그와의 대화는 자연스레 은퇴에 관한 것으로 꾸려졌다. 직장을 다니면서 아쉬웠던 점이 있는지, 다시 돌아가면 다르게 하고 싶은 것은 무엇인지, 묻고 답하다 보니 삶의 공백에 관한 이야기가 따라 나올 수밖에 없었다. 평생 몸담은 일과 멀어진다는 것…… 잠깐의 해방감보다는 긴 허탈감이 찾아오진 않을까.

"오늘처럼 땀 흘리며 보낼 수 있는 일상이 있고, 집에 들어가면 시원한 맥주 한잔 같이 마실 수 있는 가족이 있고……."

은퇴 전 주로 사무실 안에서 일해왔다는 류근오. 한때는 여름날 쉰내 날 정도로 땀 냄새를 풍기는 사람을 보며 의아해한 적도 있었다. 이제 그는 구슬땀 흘리며 보내는 일상의 보람과, 땀을 식혀줄 시원한 맥주의 맛과, 사랑하는 이들과 소소한 하루를 나누는 즐거움을 안다. 아쉬움이 없진 않겠지만 그는 새로 맞이한 일상의 보람과 기쁨을 만끽하고 있었다. 하루하루를 살뜰히 보듬는 것. 더도 덜도 말고 꽉 채운 오늘어치의 삶을 살아가는 것. 그것이면 충분하고 충만해 보였다.

언젠가는 나도 현장을 떠나야 할 날이 오겠지. 수십 년 머물러 익숙한 촬영장을 벗어나 낯선 새 일상과 마주하게 될 그때, 내 얼굴에도 두 분 같은 미소가 깃들어 있으면 좋겠다. 부디 그날의 내가 찬란한 일상의 가치를 잘 아는 사람이 되어 있길, 머무는 자리와 만나는 이들을 사랑으로 톺아볼 수 있길 바란다.

처음부터 이러려던 것은 아니었다.

생태학자

최재천

153화

방송작가라고 하면 대학교에서 문예창작이나 신문방송학을 공부했을 거라 여기는 분이 많은데, 나는 환경공학과 출신이다. 흔한 전공은 아닌지 방송 일을 하는 동안 나와 전공이 같은 작가를 본 적이 없다. 아마 앞으로도 못 볼 것 같고. 열아홉 살 고등학생이 환경에 뭐 얼마나 큰 관심이 있어서 그런 전공을 택했겠나. 점수에 따라 선택했을 뿐이다. 하필 IMF 직격탄을 맞은 98학번이어서 신입생 때부터 온갖 걱정과 불안이 가득했고, 전공에 맞춰 '환경영향평가사'를 내 갈 길로 점찍고는

열심히 공부하며 준비하던 시기도 있었다. 그러나 방송계에 발을 들인 뒤로는 쭉 예능작가로 살아왔기에 환경 쪽 다큐멘터리나 시사 프로그램은 맡을 수 없었고, 굳이 전공과 일이 합치한 경험을 꼽자면 이따금 환경 보호를 주제로 하는 내용을 꾸린 게 전부였다.

적어도 2020년대를 사는 현대인으로서, 어릴 적과 전혀 딴판으로 자꾸만 비틀어져가는 날씨를 매년 체감하는 도시인으로서 환경문제에 아예 무관심할 수는 없다. 그레타 툰베리처럼 세계를 누비며 외치진 못해도 당장 할 수 있는 일은 하려 애쓴다. 차는 되도록 덜 타려고 하고, 텀블러도 들고 다닌다. 무엇보다 쓰레기 분리배출에 공을 들인다.

세상을 바꾸는 개미 박사님

〈유퀴즈〉를 통해 참 많은 분을 만났다. 카메라 앞이 아니었다면 듣지 못했을 이야기를 많이 들었고, 매번 많이 웃고 많이 울었다. 200화 넘게 방송을 꾸려왔지만, 내가 관심을 두던 주제에 관해 말하는 분을 만나면 기억에 제법 깊게 남는다. 최재천의 촬영을 앞둔 무렵, 나는 한창 환경문제에 꽂혀 있었다.

직접 그를 만나기 전까지 최재천, 하면 돌고래 제돌이에 얽힌 일이 먼저 떠올랐다. 돌고래 쇼가 동물원에 가면 꼭 봐야 할 이색 볼거리로 당연하게 여겨지던 시절, 돌고래를 바다로 돌려보내자고 외치던 생물학자. 동물원의 동물 학대가 사회적 공분을 일으키는 지금과 달리, 수족관에서 편하게 지내는 돌고래를 왜 풀어주어야 하느냐고 반문하던 시절에 그는 대중의 강철 같은 편견과 맞서 싸웠다. 그뿐인가. 호주제 폐지라는 한국 현대사의 전환을 이룬 바탕에도 이 개미 박사님이 계셨더란다.

아무렴 설마 처음부터 사회를 바꾸겠다느니 시스템을 개혁하고 말겠다느니 큰 의지를 품었을까. 출발지는 정말 목적 없는 궁금증이었겠지. 개미는 어떻게 자기 몸무게보다 무거운 먹이를 운반하는지, 줄지어 어딘가로 향하는 저 개미 떼의 목적지에는 무엇이 있는지 그저 궁금했을 터다. 다만 그는 궁금증과 호기심과 의문점을 오래도록 파고들어 탐구했다. 끈질긴 연구와 공부는 세밀하고 구체적인 앎을 시나브로 켜켜이 쌓아준다. 새로운 앎이 쌓이다 보면 어느 날 문득 깨닫게 된다. '알면 다르게 보인다'라는 꽤 단순명쾌한 사실을.

알고 보니 다르다

최재천과 오래도록 나눈 대화는 모두 '알고 보니 다르다'라는 깨달음과 연결되어 있었다. 알고 보니 개미는 이솝우화 내용과 달리 부지런한 동물이 아니고, 베짱이의 노래는 유희가 아니라 번식을 위한 필사의 몸부림이라는 깨달음. 수조 속에서 편안하게 먹이를 받아먹으며 점프만 해도 사랑받는 돌고래는 매우 불행한 삶을 살아왔다는 깨달음. 동물사회를 연구해보니 그곳에는 호주제가 없으며, 만약 그런 시스템이 존재한다면 호주는 암컷일 수밖에 없다는 깨달음.

깨닫고 나면 자연스럽게 행동에 나설 수밖에. 인간의

이기심에 혹사당하는 돌고래가 있다면 풀어주는 게 자연스러운 일이다. 호주제가 비자연적이고 차별적이라면 폐지하는 게 자연스러운 일이다. 기후 변화가 생명체 전체의 삶에 심각한 영향을 미치고 있다면 대처 방안을 고심하는 게 자연스러운 일이다.

"자연을 행복하게 해주면 우리도 행복해진다는데. 그걸 왜 안 합니까. 그걸 하셔야 합니다."

최재천은 본인의 삶으로 증명해온 문장을 선언처럼 꺼내놓았다. 잘못되었다는 것을 깨달았으면 바꾸자고. 그것이 자연스러운 일이라고. 인간이 자연을 혹독하게 착취한 결과 바닷물 수온이 오르고, 빙하가 녹고, 식생이 달라지고, 하루가 다르게 기후가 요동치는 세상을 살아가고 있다. 변이 바이러스에 전 지구가 휘청거린 지 채 몇 년도 지나지 않았다.

나서기를 극도로 싫어한다는 그가 〈유퀴즈〉에 출연한 이유는 바로 이 결론을 공유하기 위해서였으리라. 그리고 생각을 나눔으로써 자연스럽게 세상이 바뀌길 기대하는 것이다. 바뀌지 않으면 공멸한다. 그것이 우리에게 닥칠 너무나 '자연스러운' 결론임을 알기 때문에, 나서고픈 마음은 없지만 다시 한번 꽤 많은 카메라 앞에 선 것이 아닐까.

꾸준히 쓰려던 것은 아니었다.

소설가

정세랑

89화

다른 이들보다 이것만큼은 뛰어나다 자신할 수 있는 능력이 하나 있다. 바로 무엇이든 꾸준히 해내는 근력. 이렇게 말하면 다들 내 체력이 좋으리라 생각하던데, 체력은 영 꽝이어도 정신력에 더해 진드근히 앉아 있는 엉덩이 힘 하나는 자부한다. 방송작가 일을 꾸준히 하다 보니 좋은 프로그램을 만날 기회가 많았고, 좋은 프로그램을 꾸준히 하다 보니 상까지 받았다. 지금은 그 시간을 모아 이렇게 책으로도 엮고 있으니 이만하면 자부심을 가질 만하지 않은가.

정세랑도 분명히 나 같은 사람일 거라 믿었다. 때때마다 서점에 가면 그의 신작이 놓여 있는데, 성실과 끈기의 산물이 아니면 무엇이겠는가. 매번 목표치의 일을 무사히 잘 해내는 스스로의 모습이 그에게도 큰 자랑이리라 생각했다. 하지만 비슷한 질문을 던지는 MC에게 정세랑은 크게 고민도 않고 단박에 말했다. 꾸준히 쓰려던 것은 아니었다고.

일상에서 뻗어 나가는 무한 상상력

젤리 괴물의 학교 습격, 외계인과의 사랑, 거대 지렁

이의 지구 침공……. 정세랑 소설 속 소재는 얼핏 보면 명랑 판타지에 가깝다. 오죽하면 〈유퀴즈〉에서 그를 '이상하고' 아름다운 세계의 창조자라고 소개했을까. 전방위적인 상상력으로 독특한 세계를 만들어내는 그이기에 특별한 아이디어 창구가 있을 줄 알았는데, 그의 세계는 의외로 일상과 아주 맞닿은 경험에서 태동했다.

여행지에서 잘못 예약한 형편없는 숙소는 소설 속 악당이 사는 집이 됐다. 등장인물의 이름은 친구나 지인에게서 빌려오고, 나쁜 역할에 이름을 달아줄 때면 스팸 메일함을 열어본다. 끔찍한 악몽을 꾼 날이면 단편 소재거리가 생겨 오히려 반갑다는 정세랑. 새로 나온 과자를 먹고, 가보지 않은 길로 산책을 하고, 아주 낯선 분야의 책을 읽는, 하루 하나씩 새로운 일을 해보자는 열린 마음도 세계를 창조하는 데에 도움이 됐다.

너무도 익숙해서 특별하지 않은 일

이토록 일상 모든 것에서 소재를 길어 올리면서 꾸준히 쓰려던 것이 아니었다니. 하지만 이내 그의 말뜻을 알 수 있었다. 매일 규칙적인 생활을 하고, 늘 같은 옷과

음식을 입고 먹어도 상관없다는 정세랑은 읽고 쓰는 것만이 자신에게 가장 큰 욕망이라고 했다. 딱히 꾸준히 쓰려던 것은 아니었지만, 가장 큰 욕망이 글쓰기였기에 그저 계속해서 썼을 뿐이라고. 그에게 소설 쓰기는 너무도 익숙해서 더는 특별하지 않은 일이 된 것 같았다. 쓰기 위해 굳이 무언가를 생각한다기보다, 끊임없이 일상에 질문을 던지며 자연스레 촉발된 이야기를 모아 새롭고 거대한 세계를 창조하는 느낌이랄까.

당연하고 사소한 부분을 찾아 비틀어 일상에 균열을 내고, 그 균열에서 새로운 세계의 요소를 길어 올리는 것. 이런 시도 덕에 그의 작품은 표면적으로는 엉뚱하

"읽는 사람은 죽기 전에 천 번을 산대요. 자기 인생뿐 아니라 다른 이의 경험과 이야기를 흡수하며 다중의 삶을 살 수 있는 셈이죠."

고 명랑한 듯 보여도, 속을 보면 우리가 사는 이 세계를 향해 발신된 날카로운 질문이 들어 있다.

'세상에 잘 들리지 않는 이들의 목소리가 담긴 소설을 쓰고 싶다'라는 그의 바람을 듣고, 모든 것의 답을 아는 마법 사전에게 질문 하나를 할 수 있다면 무엇을 묻겠냐 물었다. 그는 '당연한' 그 질문마저 한 번 비틀어 이렇게 답했다.

"어떤 질문이든 답을 알려주는 사전이 있다면 이 시대에 가장 중요한 질문이 무엇인지를 묻고 싶어요. 가장 시급하게, 모두 함께 고민해야 할 질문이 무엇인지 들으면 그다음부터는 다 같이 힘을 모아 문제를 해결할 수 있지 않을까요."

자신의 작품이 지친 하루의 끝자락에 집어들 수 있는 따뜻한 책이길 바란다는 그. 사회문제와 약자의 목소리를 담아내고, 지친 이에게 내일을 살아갈 힘이 되는 글을 쓰고 싶다는 사람. 그런 바람을 가진 이의 세계가 이상하고 '아름다운' 것은 너무도 당연해 보였다.

정세랑이 <유퀴즈>에 출연하고 나서 바로 그 여름, 《지구인만큼 지구를 사랑할 순 없어》가 출간되었다. 원래부터 그의 글을 아주 좋아했던 터라 단숨에 책을 사러 온라인 서점에 들어갔다. 잠시만, 제목에 '지구'가 들어갈 때부터 어라 싶었는데 표지에 파랑새 네 마리가 날아다닌다고? 노랑할미새, 딱따구리, 어치, 저어새, 물총새, 수리부엉이…… 새에 관해서만 1시간을 이야기할 수 있다며 끊임없이 이름을 늘어놓던 들뜬 모습이 눈앞에 겹쳐 보였다. 탐조 활동이 취미라고 하더니 드디어 조류 에세이를 쓰셨구나. 그의 새 사랑에 관해서라면 나도 익히 알고 있지, 괜히 뿌듯한 마음이었다.

며칠 뒤 집에 배송된 책을 꺼내 펼쳐보니 웬걸, 설레발친 것이 무색하게 책은 여행 에세이였다. 물론 그 역시 뜻밖의 선물인 듯 재밌게 읽긴 했지만. 그래도 작가님, 저는 아직 새 관찰 에세이를 기다리고 있답니다.

시간을 살기로 결심했다.

여행 크리에이터 이원지 178화

엑셀 강사 박성희 184화

1990년대 말 뉴욕을 배경으로 가난한 예술가들의 사랑과 삶을 그린 뮤지컬 〈렌트〉. 이 작품에는 '시즌스 오브 러브Seasons of Love'라는 넘버가 나온다. 국내에서 인기를 끈 미국 뮤지컬 드라마 〈글리〉에도 나왔고, 시상식이나 콘서트에서도 심심찮게 불려 뮤지컬을 본 적 없는 사람도 들어봤음 직한 유명한 노래다.

'사랑의 계절'이라는 다정한 제목답게 노래는 하루 52만 5600분의 시간을 어떻게 헤아리느냐 질문한다. 인치inch나 마일mile로, 햇빛 가득한 시간으로, 그동안 마

신 커피로, 웃음으로…… 다양한 방법이 있겠지만 노래에서는 그 무수한 순간을 사랑으로 세어보자 제안한다.

한창 노래를 반복해서 들으며 내 삶의 시간을 어떻게 헤아려야 할지 고민하던 때가 있다. 답을 찾아 몰두하던 차에 인생의 시간을 먼저 세어본 두 사람을 만났다.

회사를 박차고 나오다

점심을 다 먹고 오후 업무를 시작하기 전, 직장인에게 일어날 만한 일이 뭐가 있을까? 식사는 마쳤지만 아직 1시는 되지 않은 시각, 누군가는 남은 휴식 시간을 즐기며 커피를 마시거나 산책을 할 것이다. 누군가는 자리에 앉아 잠시 눈을 붙일 수도 있다. 설계 사무소를 다니던 이원지는 회사를 그만두겠다고 결심한다.

"회사를 다닐 때, 점심을 다 먹어도 1시 전에는 절대 일을 하지 않았어요. 그날도 시계를 보면서 가만히 앉아 있는데, 10년 뒤 1시에도 똑같이 시간을 죽이고 있을 것 같았어요."

모두가 선망하는 대기업에서 근무하던 박성희도 어느 날 불쑥 비슷한 생각을 했다.

"월급은 정해져 있으니까 목표치의 돈을 모으기 위해 시간이 빨리 흘러갔으면 했어요. 그러다 문득, 하루하루는 아주 소중한 시간인데 그저 빨리 지나가 버리길 바라는 게 맞나 하는 생각이 들었죠."

하루하루 성실하게 자신의 자리를 지키고, 정해진 목표를 향해 꾸준히 나아가는 삶. 때로 일을 위해 개인 시간을 쓰면서도 성취감이나 보람을 느끼던 마음에 왜 갑자기 구멍이 났을까. 거대한 조직의 구성원으로서, 1인분의 몫을 톡톡히 해내는 사회인으로서 누구보다 열심이던 두 사람은 왜 우뚝 멈춰 섰을까.

중요한 것은 목표가 아니다

반복되는 일상 속 피로감 때문이라거나, 적성의 문제만은 아닌 것 같았다. '이 회사가 내 적성에 맞을까?' '내가 노력을 이만큼 하는데 이 정도만 보상받는 게 맞을까?' 이런 질문은 정해진 목표가 나와 잘 맞는지와 닿아 있다. 의문이 떠오른다면 목표를 수정하고 다시 나아가면 된다. 삶의 방식까지 바꿀 필요는 없다.

하지만 목표가 아니라 목표를 향해 나아가던 시간 자체가 새롭게 보일 수도 있다. 무엇을 꿈꾸며 살아왔는지가 아니라, 꿈을 이루기 위해 소요해온 시간을 옳게 쓰고 있었는가 하는 근원적인 고민. 둘은 그렇게 일상에 제동을 걸고 자신의 시간을 헤아려보기로 결심한다.

이원지는 자신이 결과 위주로 살아왔다는 사실을 깨닫고 과정을 즐기며 살아보기로 했다. 오랜 꿈이던 배

낭여행을 떠나고, 일상의 과정에 집중한 영상을 만들어 유튜브에 업로드하다 여행 크리에이터가 됐다.

박성희는 자신이 그간 타인의 시선을 따라 달려왔음을 깨닫는다. 그는 마음 다해 할 수 있는 자신만의 일을 찾아보겠다 다짐하고는 평소라면 불안정적이라 생각했을 강사 일을 시작했다.

'진심'으로 세어보는 시간

이원지와 박성희가 시간을 헤아린 방법은 '진심'이 아니었을까. 목표를 위해 시간을 죽이거나 납작하게 눌러

견디는 것이 아니라, '진심'을 다해 하루하루를 살아가는 것. 그렇게 살아간 1초, 1분, 1시간, 1일이 모여 자신의 시간 앞에 당당한 두 사람의 지금을 만든 듯하다.

삶의 시간을 또 어떻게 셀 수 있을까? 시간을 제대로 헤아리기 위해서는 잠시 가던 길을 멈추고 시간 자체를 들여다봐야 함을 두 사람이 알려준 것 같다.

<무한도전> 촬영으로 케냐 나이로비 국립공원에 방문했을 때, 끝없는 초원과 활기를 내뿜는 야생동물의 모습에 압도되어 하염없이 풍경을 바라본 기억이 있다. 이원지는 오랫동안 마음에 품어온 세렝게티 초원에 첫발을 디딘 순간 삶이 선명해지는 경험을 했노라 말했다. 지금도 그날의 감정과 감각이 모조리 기억난다고. 이런 순간이 시간을 헤아리며 살아가는 자만 얻을 수 있는 삶의 축복 아닐까.

좋은 부자가 되기로 결심했다.

경주 최부자댁

최창호

187화

'부자는 3대를 가지 못한다'라는 속담이 무색하게 무려 400년 동안 12대를 내려오며 유지된 만석꾼 집안. 2만 평, 여의도 면적의 논이 있어야 생산할 수 있는 '만석'이라는 쌀. 조선시대 경상도에서 가장 큰 부를 자랑하던 경주 교촌마을 최부자댁의 명성은 역사서를 들출 필요 없이, 당장 경주 여행만 가보아도 느낄 수 있다. 당시 최부자댁 손녀딸이 신혼여행을 갈 때 하인 3, 40명을 데리고 갈 정도였다니 상상을 초월하는 규모다. 그러나 최부자댁이 아직까지 회자되는 이유는 그들이 축적한

부의 크기 때문만은 아니다.

'사방 100리 안에 굶는 이가 없게 하라.'
'찾아오는 사람을 후하게 대접하라.'
'흉년에는 땅을 늘리지 마라.'

가훈으로 전해지는 육훈六訓의 덕목 중 일부만 봐도 최부자댁이 집안의 이익만 좇는 단순한 부자가 아니었음을 알 수 있다. 자신들의 부가 어디에서 나오는지 깨닫고 있었으며, 소작농과 상생하고 나라가 발전하기 위해 무엇을 해야 하는지도 잘 알고 있었다.

최부자댁의 마지막 부가 향한 곳

그래서일까. 조선의 3대 부자 가문 중 독립운동에 참여한 집안은 최부자댁이 유일했다. 경주 최씨 28대손이자 최부자댁 12대손, 최준 선생은 전 재산을 독립운동에 바치기로 결심하고 안희제 선생과 함께 백산무역을 설립했다. 최부자댁의 부는 그곳에서 끝났다.

무역 대금 명목으로 모은 100만 원이 넘는 금액은 일

제의 감시를 피해 상하이 임시정부나 만주 등지로 보내져 독립운동 자금으로 쓰였다. 당시 임시정부의 1년 예산이 6만 원 남짓이던 것으로 미루어보면 백산무역이 지원한 돈의 크기와 의미가 어떠했을지 짐작할 수 있다.

나라의 희망은 후대의 몫이다

해방을 맞은 뒤, 일본에게서 재산 일부를 되찾은 최준 선생은 '이 나라의 희망은 우리 뒤에 오는 사람의 몫이다'라는 일념하에 되찾은 돈을 전부 근대식 교육에 투자한다. 백성들이 교육받지 못해서 나라가 약해졌음을 깨달았기에 다음 세대를 위한 지원을 이어가기로 결정한 것이다. 되찾은 재산, 경주에 있는 최부자 고택, 집안의 선산, 남은 땅 모두를 학교 재단으로 귀속했고, 자손에게는 1원도 남기지 않았다.

촬영장에 나와 집안 이야기를 들려주던 최부자댁의 후손 최창호는 '할아버지가 재산을 옳은 일에 기쁘게 내놓으셨으니 명예롭게 생각해야 한다'라는 말을 듣고 자랐다고 했다. 최준 선생이 후손에게, 그리고 우리에게 남긴 유산은 우리가 살아가는 대한민국 그 자체일지 모르겠다.

지금의 우리를 있게 한 이들

최부자댁이 행한 선행과 그들이 걸어온 정도正道는 집 곳간 궤짝 속 고문서에 여실히 남아 있었다. 최준 선생을 비롯한 수많은 독립운동가의 분투와, 자신의 자리에서 나라를 구하는 데 보탬이 되고자 했던 백성들의 기록. 그중에는 1907년 경북 지역에서 시작된 국채보상운동 참여자의 명단도 남아 있다. 책임감을 가지고 최부자댁의 오랜 기록을 발굴하고 보존해온 최창호. 그는 문서를 보면 지위 고하를 막론하고 얼마나 많은 사람이 나라를 지키기 위해 노력했는지 느껴진다고 했다.

"어떤 분은 집을 팔아서 50냥, 소 팔아서 100냥, 품을 팔아서 30냥. 나라의 빚을 갚는 일에 어떻게 이렇게 많은 이들이 참여했는지, 나라를 되찾겠다는 의지가 어떻게 그만큼 깊었는지……. 그분들 덕분에 지금 좋은 세상을 사는 거죠."

착한 부자가 되기로 결심하는 것과 착한 백성이 되기로 결심하는 것, 모두 쉽지 않은 일이다. 나라를 잃은 상황에서는 더 그렇다. 조상들은 모두 자신의 재산과 품을 쪼개어 나라를 위해 내놓았다. 우리는 그렇게 지켜낸 대한민국에 살고 있다. 지금 이곳에 사는 사람이라면, 어떤 자리에 있든 그 사실을 기억했으면 좋겠다. 옳은 선택이 모이고 숭고한 마음이 쌓여서 오늘의 우리가 있는 것이니까.

최창호가 촬영을 위해 들고 온 집안 문서는 국가 사료로 쓰일 정도로 역사적 가치가 높은 자료였다. 문서뿐 아니라, 경주에 가면 1700년경 지어졌다는 경주교동 최씨 고택이 원형을 거의 보존한 채 남아 있기도 하다. 하지만 그가 물려받은 진짜 보물은 집안 문서나 국가유산으로 지정된 고택이라기보다는, 그 안에 담긴 그리고 그곳에 살던 이들을 통해 대대로 전해진 의로운 정신일 것이다.

내가 물려받은 가장 귀한 보물은 쌀집을 한 외할머니께서 남기신 나무 됫박이다. 곳곳이 파인 됫박에는 할머니의 수십 년 세월의 흔적이 고스란히 담겨 있다. 당신의 손길이 진득하게 배어 있는 유품을 소중하게 간직하고 싶어 지금은 귀한 물건을 넣어두는 액세서리 함으로 사용하고 있는데, 낡고 오래된 나뭇결을 어루만질 때면 할머니께서 주신 대가 없는 사랑이 고스란히 전해온다.

인싸템 모음

퀴즈를 맞히면 상금 100만 원을 드리는 〈유퀴즈〉. 퀴즈를 맞히지 못한 출연자에게도 기회는 있다. 바로 다양한 선물이 들어 있는 '자기백' 뽑기! 상금보다 비싼 가전제품도 항목에 있긴 하지만, 생선 슬리퍼나 닭다리 쿠션 같은 엉뚱한 물건이 대다수다. 거창하진 않아도 유쾌한 선물을 드리고 싶다는 생각으로 고안한 '인싸템'. 자기백 공을 뽑는 순서가 오면 남몰래 '제발 TV 나오게 해주세요. 아니면 무선 청소기라도!' 하고 기도하지만, 인싸템을 받아도 좋아하시니 감사할 따름이다.

Wonderland
ROLL
24
SCENE
9
DIRECTOR: She
CAMERA: Ready!
DATE

2부

사랑하는 마음

고저스와 그레이트 사이.

모델
최소라

83화

쿵쿵거리는 음악과 화려한 조명, 기다란 런웨이 없이도 존재 자체로 멋졌다. 〈도전! 수퍼모델 코리아 3〉 우승 후 세계를 무대로 활약하며 뉴욕, 런던, 밀라노, 파리까지 세계 4대 패션위크를 장악한 월드클래스 모델. 촬영장 통유리 창 뒤에서 걸어 들어온 최소라는 등장만으로 순식간에 현장을 압도했다. 화려함, 당당함이라는 단어가 그토록 어울리는 사람이 있을까 싶었다.

최소라가 들려준 이야기도 그에 못지않았다. 이름만 대면 모두 아는 톱 패션 브랜드, 그곳에서 보낸 선물이 쌓여 있는 호텔 방, 세계적인 디자이너가 만들어준 단 하나뿐인 웨딩드레스……. 듣기만 하는데도 '와' 소리가 절로 나왔다. '잘 지내는 것처럼 보인다You look great'라는 말은 욕으로, '멋져 보인다You look gorgeous'라는 말은 칭찬으로 쓴다는 패션업계의 표현을 빌리자면, 그야말로 '고저스'했다. 멋지지 않은 구석은 한 군데도 없었다.

화려한 왕관의 무게

하지만 빈틈없는 화려함을 위해 치러야 하는 대가는 생각보다 크다. 일단 절대 잘 지내는 것처럼 보이면 안 된다. 잘 지낸다는 말은 살이 올라 보인다는 뜻이고, 그 세계에서 그것은 곧 멋지지 않음을 의미한다. 상상 못 할 화려함 뒤에는 상상 못 할 배고픔이 따라온다. 미식의 도시 파리를 그토록 자주 방문하지만, 바게트나 크루아상 한 조각을 먹는 데도 주의를 기울여야 한다.

막연히 누군가에게 보이는 직업은 힘들구나, 화려한 앞모습 뒤에는 치열한 노력이 있구나 싶었다. 평범한 사람도 몸을 가꾸는 시대이니, 직업이 모델이라면 관리는 필수겠거니 했다. 그러나 그가 겪은 혹독한 경험담은 '그렇구나' 하고 넘길 수준이 아니었다. 파리에서 빵을 절식하느라 힘들었다는 이야기는 농담일 뿐이었다.

꿈을 위해 삶을 포기해야 한다면

어느 해, 시즌 마지막 쇼가 열리기 하루 전날 그는 출연을 거부당했다. 몸무게도 몸 상태도 평소와 똑같았지만 약간 부어 보인다는 터무니없는 이유였다. 중요한 기회를 스스로 날려버린 것 같은 기분이 들자 그는 미친 듯이 살을 빼기 시작했다. 그래야만 살아남을 수 있으니까. 다시는 기회를 놓칠 수 없었다. 관리는 곧 강박

이 되었다. 5주 동안 물 외에 아무것도 먹지도 마시지도 않았다.

결과는 179센티미터에 45킬로그램. 후폭풍이 몰려왔다. 하루에 열 번도 넘게 쓰러졌다. 누군가 살짝만 스쳐도 사포로 몸을 긁는 듯한 고통이 들었다. 몸속은 걸레짝인데 사람들은 그에게 아름답다고 찬사를 보냈다. 모든 것에 신물이 났다. 그는 고저스했지만 그레이트하게 지내지는 못했다.

눈부시게 화려한 삶 뒤편에 드리운 시커먼 그늘. 조명이 꺼지자 런웨이에 남겨진 사람은 빛을 잃어갔다. 그러나 이내 바스러질 줄 알았던 그는 여전히 빛나고 있었다. 최소라는 어떻게 그 시간을 통과했을까.

"몸을 건강하게 되돌리는 데 2년이 걸렸어요. 패션계에 회의감이 들었는데, 그 또한 제가 너무나 사랑하는 패션이라면……. 그렇다면 스스로를 건강하게 만들어야겠다고 생각했어요. 그래야 제가 정말 사랑하는 일을 오래 할 수 있으니까요."

사랑하는 '일'과 사랑하는 '나' 사이

그는 건강과 패션 사이에서 적절한 균형을 찾았다. 건강을 위해 패션이라는 꿈을 멈추지 않았다. 회의감에 매몰되어 꿈을 버리지도 않았다. 그레이트하면서 고저스하게, 건강과 아름다움 사이 적절한 어딘가에 안착하기. 하나를 위해 다른 하나를 버리지 않기. 유연하게, 억지스럽지 않게. 그것이 최소라가 찾은 해답이었다. 강박에서 벗어나 그는 더 멋지고 자유롭고 아름다워진 듯 보였다. 그 어떤 빛도 잃지 않고서.

"스스로를 건강하게
만들어야겠다고
생각했어요.
그래야 제가 정말
사랑하는 일을
오래 할 수
있으니까요."

어릴 적 나는 딱히 장래 희망이랄 게 없었다. 글쓰기를 좋아해서 시 몇 편 끼적거리다가 막연하게 시인이 되려면 어떻게 해야 하나 생각한 정도였다. 경제적으로 어려운 시기에 대학을 졸업하고 나니 무얼 하고 살지 고민이 깊었다. 때마침 서울에서 일하던 사촌 언니 집에 방이 하나 남는다기에 무턱대고 상경했지만 서울에서도 막막하기는 마찬가지였다. 팍팍한 생활을 이어가던 중 아는 선배에게 연락이 왔다. "언주야, 너 글 쓰는 거 좋아하지? 혹시 방송작가 일 안 해볼래?" 당시 선배는 아리랑티비 편성팀에서 일하고 있었는데, 들어보니 막내 작가 자리가 빈다는 얘기였다. 아리랑티비가 영어를 쓰는 국제방송국이다 보니 지레 겁을 먹고 저 영어 못하는데 괜찮을까요, 하니 한글 작가가 한글 대본을 먼저 쓰면 그걸 영어 작가가 번역하는 시스템이라고 했다. 그렇게 아카데미를 다니거나 별도의 준비 없이 방송작가로 첫발을 디뎠다. 지금 생각해보면 글쓰기를 좋아하는 게 방송작가에게 얼마나 중요한 덕목일까 싶은데, 그렇게 시작한 일을 22년째 하고 있으니 그날 선배의 제안이

내 인생을 바꾼 것 아닐까.

이제는 다른 일을 하는 게 상상되지 않을 정도로 방송작가가 천직 같지만, 끊임없이 새 아이디어를 고안해야 하고 제시간에 밥을 챙겨 먹거나 잠을 자지 못하는 만큼 건강 상태는 그리 좋지 않다. 엉덩이 힘으로 오래 버티고 앉아서 회의하고 대본을 쓰는 만큼 허리 디스크는 기본이요, "두통이 있어야 작가다!" 외치고 다닐 정도로 만성 두통을 달고 산 지도 오래다. 요즘 내 최대 관심사는 건강. 어떻게 먹고 운동하고 생활해야 큰 병 없이 건강을 유지할 수 있을지, 내가 사랑하는 현장에서 더 오래 일할 수 있을지 나 역시 큰 고민이다.

절망과 희망 사이,

튀르키예 구호대

김재근, 김철현, 안한별, 이기평

185화

사망자 5만 명 이상, 붕괴 및 파손 추정 건물 20만 채. 평범하던 일상이 하룻밤 사이에 무너져 내렸다. 지진이 발생한 튀르키예 남동부. 안한별 사무관, 김재근 상사, 이기평 소방교, 김철현 소방위, 그리고 구조견 토백이를 포함한 대한민국 해외긴급구호대는 바로 다음 날 튀르키예로 향한다. 출국 24시간 후 가지안테프 공항 도착, 지진 발생 약 48시간 무렵 공항에서 빠져나와 피해가 가장 극심한 안타키아 지역으로 향한다. 구조대가 현장에 도착한 시간은 인명구조 골든타임 72시간이 임박한

때. 그곳에서 그들은 불빛이 사라진 도시, 처참히 주저앉은 건물을 마주한다.

절망의 자리에서

앞이 깜깜하다는 말 이외에 상황을 설명할 단어가 있었을까. 하지만 그곳에 어둠과 절망만이 존재하는 것은 아니었다. 생존자가 있었고 그들을 돕기 위해 온 구조대가 있었다. 재해의 시작은 절망이었을지언정, 사람들은 하루하루 희망을 꿈꾸며 절망을 희석해 나갔다.

도착 첫날 구조대는 5명을 구조한다. 희망이 뒤섞인다. 그 뒤로 며칠간 생존자를 찾지 못한다. 다시 초조함이 자리를 비집고 들어온다. 구조 131시간 만에 할머니를 구조하는 데 성공한다. 생의 기쁨이 번진다. 환희도 잠시, 같은 공간에 있던 남편은 시신으로 발견된다. 사의 비통함에 숙연해진다. 아들의 시신을 수습해달라고 부탁하던 한 어머니에게 생존자 구조가 우선이라는 말씀을 드린다. 구조대에게 응원의 말을 전하며 뒤돌아선 어머니는 자리에 주저앉아 오열한다. 그 모든 절망과

희망이 교차하는 곳, 그곳은 재해의 현장이자 삶의 현장이었다.

오직 서로를 믿으며

하루에도 몇 번씩 파고에 휩쓸려 홀로 서기조차 버거운 순간. 그렇지만 사람들은 속수무책으로 허우적대지만은 않았다. 건물이 추가 붕괴하고, 1만 번이 넘는 여진이 거듭 땅을 뒤흔들고, 더는 생존자가 없어 보이는 상황에서도 살기 위해 서로 부둥켜안고 버텼다. 두렵지만 함께 있음에 감사하고 서로 의지했다.

구조대에게 전통차를 나눠준 아이, 개인 차량과 휘발유를 기꺼이 지원해준 주민, 눈만 마주치면 감사 인사를 하던 이재민, 그리고 그들을 돕기 위해 두려움을 떨치고 단 하나의 생존자라도 찾기 위해 고군분투하던 구조대원. 그들은 절망에 희망이 조금씩 더 많이 섞여들고 있다는 사실에 감사하며 인류애로 서로 지탱했다.

"임무를 마치고 복귀할 때, 힘들고 아픈 분을 두고 떠난다는 미안함이 있었습니다. 그와 상반되게 전원 무사 복귀 한다는 안도감도 들었습니다. 그 기쁨과 안도감이 마음을 더 무겁게 했습니다."

촬영장 바깥에서 인터뷰를 진행한 간호장교 서동연과 이인우에게서 들은 말이다. 절망적인 재해 앞에서 느껴지는 양가감정. 떠나는 이들은 안도하면서도 미안해했고, 남은 이들은 절망하면서도 고마워했다.

당신을 향한 사랑의 마음으로

이런 상황에 놓인다면 누구나 헷갈릴 것이다. 절망해

야 하는지, 소망해야 하는지, 안도해야 하는지, 미안해해야 하는지. 한 가지 확실한 것은, 이토록 다른 감정의 교집합에는 지금 당신이 내 곁에 살아있으면 좋겠다는 마음, 내 곁에 살아 숨 쉬어 고맙다는 마음이 있을 거라는 사실이다.

위기에 맞닥뜨렸을 때, 우리는 같은 공간에서 서로 다른 마음으로 분투할지 모르겠다. 그러나 그 순간 모두의 마음속에는 누군가가 옆에 있기를, 혼자가 아니기를 바라는 인간을 향한 본능적 사랑이 있을 것이다. 그 사랑이 절망을 희망으로 희석하고 어둠 속에서 빛을 찾도록 한다고 나는 믿는다.

프랑스 파리에서 기차로 1시간 정도 이동하면 지베르니라는 도시가 나온다. 클로드 모네가 '수련' 연작을 그린 장소로 유명한 곳이다. 파리 여행 도중 오랑주리 미술관에서 작품을 감상하고 배경이 된 연못을 보고 싶어 시간을 내어 찾아갔는데, 처음 연못을 마주하고 느낀 감동을 아직도 기억한다. '수련' 연작을 그릴 당시 모네는 가족을 연달아 잃고 큰 괴로움에 빠져 있었다고 한다. 그토록 힘든 순간 어쩌면 그렇게 고요하고 아름다운 작품을 그릴 수 있었을까. 햇빛을 받아 시시각각 모습을 달리하는 연못을 가만 바라보다가, 문득 삶은 원래 그런 것이라는 생각이 들었다. 아픔 가득한 순간 생의 아름다움을 발견하고, 그 속에서 슬픔을 다시 길어 올리고. 전혀 다른 종류라 믿어온 생의 높낮이를 동시에 겪어내는 것이 삶이 아닐까 싶었다. 그렇다고 해도 삶이 가라앉는 순간은 언제나 버겁고 힘들다. 서로 손을 잡고 절망을 희망으로 밝혀온 이들처럼, 힘겨운 순간을 지날 때 우리가 서로를 비추는 빛이 된다면 좋겠다.

다정함을 나누다.

김민섭과 김민섭

153화

어느 날 신이 초능력을 딱 하나 선물로 준다고 한다. 어떤 능력을 갖고 싶은가? 〈유퀴즈〉에서도 공통 질문으로 물은 적 있다. 내게는 아주 옛날부터 생각해온 확고한 답이 있다. '신비한 마술 가루를 갖게 해주세요.' 상상 속 가루에는 상대방 머리에 솔솔 뿌리면 내가 좋아하는 마음과 똑같이 그 사람이 나를 좋아하게 되는 능력이 있다. '해리 포터' 시리즈에 나오는 '사랑의 묘약'과 비슷하다. 물론 실수로 가루를 잘못 뿌렸다간 아주 큰일이 벌어지겠지만…….

친구들은 익히 잘 알겠지만 내게는 사랑꾼 기질이 있다. 사랑에 어찌나 쉽게 빠지는지 마음 깊이 좋아한 이들만 열 손가락이 넘는다. 그중 대학생 때 지독하게 짝사랑한 선배가 있다. 그때는 손 편지로 마음을 전하던 시절이라 나도 편지를 참 많이 썼다. 편지를 수십 통 받은 선배 입에서 이제 그만하라는 말을 듣기 전까지 내 짝사랑은 계속됐다. 딴엔 용기를 내서 한 일이었는데 돌이켜보면 터무니없이 무모한 짓이었지, 그때를 생각하면 미안함에 지금도 얼굴이 벌게진다.

왜 이리도 번번이 사랑에 빠지는가. 홀로 고민해본 결과 다정함에 취약하다는 결론을 내렸다. 나는 다정한

사람이 좋다. 다정함도 지능이라는 말이 있던데, 내 생각엔 지능뿐 아니라 인내심과 노력까지 전부 필요한 일이다. 머리와 몸과 마음이 함께 움직일 때 비로소 다정한 사람이 될 수 있다. 그러니 다정한 사람을 만나면 사랑에 빠지지 않을 도리가 있나. 그렇게 온 힘을 다해 상대를 상냥하게 대하는 이는 많지 않다.

다정하기도 쉽지 않으니 다정함을 나누는 건 더 어려운 일이다. 상대까지 온 힘을 다해 움직이게 만들어야 하니 말이다. 1983년생 김민섭과 1993년생 김민섭은 300명에 가까운 이들의 머리와 몸과 마음을 단 일주일 만에 움직였다.

김민섭 찾기 프로젝트

83년생 김민섭은 서른다섯 살에 문득, 살면서 해외여행을 가본 적이 없다는 사실을 깨닫고 후쿠오카에 가기로 한다. 그런데 출국 날 아이가 갑자기 수술을 받게 되었다. 비행기표를 환불하려고 보니 환불 수수료를 제하고 받을 수 있는 금액은 1만 8000원. 차라리 길 가는 사람에게 훽 주어도 1만 8000원어치보다는 큰 만족을 얻겠다 싶었다.

"김민섭 씨를 찾습니다. 후쿠오카 왕복 항공권을 드립니다." 김민섭 찾기 프로젝트는 이렇게 시작되었다. 조건은 세 가지였다.

첫째, 대한민국 국적 남성일 것.

둘째, 이름이 '김민섭'일 것.

셋째, 영문 이름이 정확히 'KIM MIN SEOP'일 것.

83년생 김민섭이 경향신문과 페이스북에 올린 글은 파란을 일으켰다. 많은 이들이 관심을 가지고 서로를 추천했다. 아는 선배를 통해 이 프로젝트를 접한 93년생 김민섭은 자신이 조건에 해당하지만 당장 사정이 여의치 않아 여행을 가지 못하리라 생각한다. 졸업 전시 비용을 마련하기 위해 휴학한 채 일을 하고 있었기 때문이다. 그런데 예상치 못한 일이 일어난다.

선의는 선의를 부른다

점심을 먹던 중 이야기가 나오자 회사 대표님이 흔쾌히 여행을 허락해주었다. 양도 소식을 들은 어느 고등학교 선생님이 숙박비를 후원해주었다. 그리고 이어진 후쿠오카 그린패스 후원, 와이파이 렌털 사업주의 통신비 지원, 여행 비용과 졸업 전시 비용까지 후원하겠노라 연락 온 대기업, 그리고 크라우드 펀딩을 통해 모인 278인의 254만 9,077원…….

여행 당일 공항에서 처음 만난 93년생 김민섭은 83년생 김민섭에게 물었다.

"왜 많은 사람이 저를 도와줬을까요?"

대답은 간단했다.

"당신이 잘되면 우리도 잘될 것 같아서."

93년생 김민섭은 한 후원자에게 받은 메일을 보고 그 마음의 실체를 어렴풋하게나마 깨달았다고 했다.

"내가 행한 나눔과 응원이 당신을 거쳐서 세상에 더 멀리 퍼지길 바라는 마음입니다. 그렇게 멀리 퍼진 나눔과 응원이 우리의 두려운 세상 여행에 도움이 됐으면 좋겠습니다."

마음으로 떠나는 여행

93년생 김민섭은 많은 이의 다정함에 힘입어 일본 여행을 떠난다. 그 여행은 일본이 아니라, 까마득히 멀어 보이던 사람들 마음속으로 다녀온 여행일지도 모르겠다. 이미 그의 인생에 다른 사람들이 들어온 것을 보면 말이다.

"예전에는 그냥 지나쳤다면 지금은 사람이 보여요. 저분이 나를 도와주지 않았을까 하는 생각이 들고, 내가 응원받은 것처럼 수많은 보통의 삶이 응원받으면 좋겠다는 마음이 생겼어요."

설렘을 나누자 설렘이 돌아왔고, 다정함을 나누자 다정함이 돌아왔다. 김민섭과 김민섭이 얻은 깨달음은 출근길 무심히 지나치던 사람들에게 관심과 애정을 갖게 했다. 그렇게 세상이 조금씩 더 나아질 수 있을 거라는 믿음과 함께.

고려 시대 문인 이조년이 '다정도 병病'이라 노래했던가. 83년생 김민섭과 93년생 김민섭 사이에서 피어난 다정한 마음이 수많은 이들을 감염시키며 널리 퍼진 모습을 보면 그런 것 같기도 하다. 그들 사이에서 퍼져 나간 다정함이 몸집을 불리고 불려 나와 당신과 우리 모두에게 닿을 수 있길 꿈꾸며, 나 역시 그간 내가 모아온 수많은 다정한 마음을 살포시 띄워본다.

1만 4000개의 행복을 나누다.

신신예식장 대표 故 백낙삼

126화

자랑하기는 쉽지만 나누기는 어려운 것이 행복이다. 행복조차 전시되는 요즘에는 더욱 그런 느낌이 든다. 보여주고 자랑하기에도 바쁜 요즘, 힘들게 손에 넣은 것을 아무런 대가 없이 공유한다니. 말도 안 된다는 생각이 먼저 들면 너무 부정적인 태도이려나.

우연한 기회에 한 예식장 이야기를 전해 들었다. 지역에서 가장 오래된 예식장이자, 수십 년째 무료 예식을 지원하고 있다는 신신예식장. 50여 년 동안 1만 4000쌍 부부의 무료 예식을 올려준 백낙삼은 손안에 모든 것을

유퀴즈

움켜쥐려 애쓰는 요즘의 우리와 달리, 자신이 소중히 쌓아올린 것을 기꺼이 나누는 사람이었다.

신신예식장의 시작

집안 사정으로 학업을 중단하고 생업 전선에 뛰어들 정도로 힘들었던 이십대. 아내를 만나 결혼한 후에도 방이 없어서 신부를 못 데리고 올 정도였다. 그는 한 장에 20원씩 받고 사진을 찍어주는 길거리 사진사로 돈을 벌기 시작해 월세방을 얻었다.

운 좋게 일이 잘 풀려, 사진관을 내고 지금의 예식장 건물까지 매입했다. 건물에서 무엇을 할까 고민하다가 사진을 잘 찍으니 예전의 자신처럼 어려운 부부를 위해 예식은 무료로 하고, 사진값만 받으면 되겠다는 생각으로 신신예식장을 열었다.

행복을 나누는 사람

동화 같은 이야기다. 20원씩 차곡차곡 모아 건물을 산 것도, 그곳에 무료 예식장을 연 것도, 다짐대로 지금까지 계속 예식을 이어가고 있는 것도. 본인이 어려운 시기를 지나온 만큼 나누는 것이라고 당연하게 이야기 했지만, 무엇 하나 쉬운 결정은 없었을 것이다. 힘든 시기를 헤쳐 나온 후에는 한숨 돌리며 삶을 즐기기도 바쁠 것 같은데 그는 어떻게 가장 먼저 기쁨과 풍요를 나누겠다는 결심에 이른 것일까.

"여태까지 예식장을 운영하며 행복했던 일에 대해 며칠을 적어봤어요. 다 쓰고 보니까, 행복하다는 말이 127번 나왔습니다."

기억나는 행복만 해도 127가지. 그중에는 사진값을 내지 않고 도망간 신혼부부의 이야기도 있었다. 돈을 받으러 찾아갔다가 어렵게 사는 모습을 보고 되레 쌀 한 가마니를 사주고 왔다는 그. 지갑은 비어도 나누는 마음만으로 행복했단다.

진짜 부자가 되는 법

내게 살면서 행복했던 일을 하나하나 세어보라고 하면 몇 가지나 적을 수 있을까? 누군가에게 나의 것을 나누며 행복을 느낀 적이 몇 번이나 있을까? 백 세가 될 때까지 일을 계속하며 행복을 나누고 싶다는 그의 환한 미소 앞에 마음이 숙연해졌다.

맨땅에서 시작해서 건물주가 되었다고, 자신이 이룬 성공의 공식을 외치며 풍족하게 살 수도 있었다. 다들 그러듯 월세를 받으며 몸도 마음도 편안하게 살 수도 있었을 것이다. 하지만 그는 자신의 행복을 나누는 쪽을 택했다. 진심을 다해 나누니 기쁨이 따라왔다. 마음이 풍족해지니 언제나 감사가 넘쳤다. 기쁨을 나누면 배가 된다는 상용구처럼, 기쁨으로 나눈 행복은 더 큰 행복을 부르며 마음을 부유하게 만들었다. 그는 그렇게 진짜 부자가 되었다.

멀리 퍼지는 생의 향기

지난 4월, 그가 향년 아흔셋으로 별세했다는 소식을 들었다. 백 세까지 행복을 나눠주고 싶다던 그의 꿈은 부인 최필순과 아들 백남문이 계속 이어가게 되었다. 비록 그는 이곳을 떠났지만, 그가 나눠준 행복은 영원히 세상에 남아 더 많은 행복으로 번져 나갈 것이다.

세상에 헛된 시간은 없다.

크리에이터·프로듀서 김소정

194화

대학생 때 두 차례 아르바이트를 했다. 두 번 모두 눈물 없이 들을 수 없는 사연이 있다. 첫 번째 아르바이트는 과외 수업이었다. 아파트 옆 동에 살던 초등학생을 가르쳤는데, 수업을 시작한 지 일주일 만에 잘렸다. 내가 문제 풀이 시간에 교재 뒤에 붙은 정답지를 자주 넘겨본다고 학생이 어머니에게 이른 것이다. 아무렴, 답을 몰라서 보았겠나, 확실히 하려고 본 거지(솔직히 말하자면 조금 귀찮기도 했다). 그렇게 신임을 잃어 불명예 사직을 했다. 민망하게도 같은 아파트에 살다 보니 과외를 관둔 이후로도 종종 아이를 마주쳤다. 학생이 어머니랑 같이 있을 때는 길을 돌아 피해 갔지만, 혼자 있을 때면 괜스레 심술이 나서 어른이 되어 비겁하게 학생을 슬쩍 째려보기도 했다.

두 번째 아르바이트는 차량 조사 아르바이트였다. 당시 부산항 부두 앞쪽에 새로 터널이 생겼는데, 그곳의 하루 통행량을 조사하는 일이 주 업무였다. 때가 겨울이었던지라 종일 밖에 서 있자니 고역이 따로 없었다. 해가 있는 시간에는 그나마 견딜 만했는데 해가 떨어지면 어찌나 춥던지. 서쪽으로 넘어가는 햇빛을 따라 점점 움직이다가 자연스럽게 집으로 돌아간 기억이 난다.

'명예'의 칭호는 아무 데나 붙지 않는다

아르바이트는 사회생활의 첫 번째 관문처럼 여겨진다. 경험을 쌓기 위해서라도 아르바이트를 해보라는 이야기가 있을 정도니 말이다. 새내기 사회인에게는 모든 일이 더 크고 중하게 다가가서 그럴까, 아르바이트를 하면 필연적으로 짠한 사연을 갖게 되는 것 같다. 단 두 번뿐인 경험이지만 나도 못지않은 슬픈 일화를 쌓았다

고 생각했는데, 김소정은 내가 차마 명함도 내밀지 못할 엄청난 이야기를 잔뜩 가지고 있었다.

김소정은 극사실주의 1인 상황극 콘텐츠를 제작하는 유튜브 크리에이터이자 콘텐츠 회사의 프로듀서이다. 전교 1등 김혜진, 귀여운 척하는 반 친구 김민지, 2000년대 얼짱 황은정 등 학창 시절 추억의 인물을 그대로 옮긴 듯한 현실감 넘치는 '부캐' 콘텐츠로 MZ 세대의 열렬한 지지를 받고 있지만, 그가 처음 이름을 알린 것은 각종 가게에서 일하는 아르바이트생의 모습을 실감 나게 담아낸 영상을 올리면서부터였다.

놀이공원, 프랜차이즈 음식점, 드러그스토어, 만화카

페 등 다양한 곳의 아르바이트생을 혼자서 연기하는 '우당탕탕 알바 공감' 시리즈에 수십만 명이 환호했다. 특정 가게에서 쓰는 인사법이라든가, 오랫동안 아르바이트를 한 사람만 아는 미묘한 포인트를 정확하게 포착한 그에게 '명예 인류학자'라는 별명이 생길 정도였다. 세상에 있는 모든 아르바이트를 다 해본 것 같다는 감탄 어린 댓글도 다수 달렸다.

실감 나는 연기는 대부분 진득한 경험에서 우러나왔다. 아닌 게 아니라 김소정은 학창 시절 수없이 많은 아르바이트를 했다. 대학 진학 후 생활비를 벌기 위해 6년간 안 해본 일이 없단다. 각종 카페와 음식점은 물론, 축제에서 새우를 튀기고, 전단지 오탈자를 스티커로 가리고, 워킹 홀리데이로 일본에 가서는 놀이공원 아르바이트를 했다.

돈을 버느라 놓쳐버린 아쉬운 기회, 쉬는 날 없이 일하고 공부해야 하는 고단함이 무거운 돌처럼 그 시절 그의 마음을 짓눌렀다. 하지만 그는 최선을 다해 살아온 시간이 모여 오늘의 자신을 만들고 콘텐츠의 자양분이 되었노라 말했다.

"대학교 때 햇빛이 잘 들어오지 않는 원룸에 살면서 조금 우울했어요. 지금 돌이켜보면 그 시간 덕에 아르바이트도 많이 하고, 아르바이트 콘텐츠로 이름도 알렸네요. 지나온 시간 중 헛된 시간은 없구나, 내가 살아온 삶이 나의 전문성이 되었구나 하는 생각을 합니다."

마음 다해 살아온 시간이 오늘이 된다

땀 흘린 고행의 시간을 성실히 모아 빚어낸 단 하나의 빛나는 트로피. 그가 만든 콘텐츠에 늘 따라붙는 '사

실적이다'라는 찬사는 어쩌면 '진실성이 담겼다'라는 뜻에 더 가깝지 않을까.

새로운 1000년을 맞이하느라 떠들썩하던 그해 겨울, 부산항 터널 풍경이 요즘도 문득 떠오른다. 간혹 나타나는 차 말고는 인적 하나 없는 허허벌판에 하염없이 서 있던 그때. 미약하게 비치는 한 줄기 햇빛을 따라 한 발짝 한 발짝 걸음을 옮기며, 햇볕이 그렇게나 따스한 것인지 처음 알았다.

어딘가에서 한 줌의 햇살에 기대어 열심히 오늘어치의 일을 하고 있을 이들에게 이 이야기를 들려주고 싶다. 당신이 지나온 모든 시간이 당신의 삶을 빛나게 채워갈 거라고, 당신이 이겨낸 모든 시간이 당신 삶의 단단한 토대가 될 거라고. 작은 경험이 모여 큰 삶이 되고, 땀 흘려 일군 오늘이 빛나는 내일로 돌아온다. 김소정의 말처럼 지나온 시간 중 헛된 시간은 없다.

“지나온 시간 중
헛된 시간은
없다.”

세상에 예쁘지 않은 꽃은 없다.

시인 나태주

102화

살다 보면 스스로가 못나게 느껴지는 순간이 있다. 볼품없는 모습에 괜스레 울적해져서 몸과 마음이 쪼그라들 때도 있다. 나를 사랑해야 한다고, 나부터 나를 아껴줘야 한다고 지겹도록 들어왔지만 때때로 찾아오는 자기혐오의 감정을 툭툭 털어내기란 어려운 일이다.

아무리 화려하고 자신감 넘치는 사람이더라도 마찬가지일 테다. 살면서 한 번쯤은 봉오리를 오므리고 땅에 고개를 푹 처박은 경험이 있지 않을까. 그래서 나는 나태주의 시를 사랑한다. 나조차 나를 미워하는 순간,

자세히 보아야 예쁘고 오래 보아야 사랑스러운 풀꽃처럼 당신 역시 그렇다는 시 구절에 어찌 위로받지 않을 수 있을까.

단 세 줄의 위로

작가로 일하기 시작한 지 얼마 되지 않은 무렵, 〈풀꽃〉을 처음 읽었다. 한 컷에 들어가는 자막 길이가 정해져 있고, 프로그램 한 회에 담을 수 있는 이야기가 한정된 방송에서 핵심만 담은 대본은 곧 경쟁력이다. 단어와 문장을 꿰어 말을 완성하다 보면 늘 장황해져서 고민하던 내게 이런 깨달음이 날아왔다. '사람을 위로하는 데 긴 글은 필요 없구나. 단 세 문장으로도 누군가의 마음을 어루만질 수 있구나.'

어쩌면 이후로 〈풀꽃〉은 작가 생활의 기준점처럼 작용했던 듯하다. 짤막한 시가 전해준 감동을 나도 전하고 싶었다. 머릿속엔 숙제처럼 〈풀꽃〉이 들어 있었다. 그래서일까, 촬영장에서 난생처음 만난 나태주이지만 어쩐지 오랜 은사를 만난 것 같았다.

사랑을 알려주는 시

초등학교 교사로 43년을 일한 나태주는 따뜻한 봄이 오면 학생들을 데리고 나가 풀꽃을 그리곤 했다. 그때마다 아이들은 자그마한 풀꽃을 대충 빠르게 흘겨 그렸다. 아이들이 풀꽃의 아름다움을 제대로 보지 못해 안타까웠던 그는 풀꽃 그리는 법을 하나씩 설명해주었다.

"자세히 보고, 오래 보면 사랑스럽단다. 누구 하나 가꾸는 이 없고, 흔하고, 향기도 없고, 크지도 않은, 그저 그런 풀꽃도 예쁘고 사랑스럽단다. 그리고 너희도 그렇단다."

풀꽃을 가만히 들여다보는 일은, 작고 중요치 않은 것을 크고 귀하게 여기는 법을 익히는 일이다. 그는 풀꽃을 어여삐 여기는 방법을 일러주며 아이들에게 자연을, 옆에 있는 친구를, 그리고 스스로를 사랑하는 법을 가르쳐준 것이다. 아이들을 아끼는 마음에서 빚어낸 이야기는 사랑의 마음을 선사하는 한 편의 시가 되었다. 그렇게 〈풀꽃〉이 탄생했다.

우리에겐 풀꽃의 비밀이 필요하다

'풀꽃 시인'이라는 별명답게, 나태주는 촬영장에서도 '풀꽃 정신'을 일러주었다. 미운 구석을 애써 찾는 마음은 접어둘 것. 남루하고 초라한 모습도 예쁘게 보아줄 것. 혼자 있을 때도 스스로를 깡통처럼 찌그러뜨리지 말 것. 그 이야기는 결국 나태주가 지난 50여 년 동안 들려준 시의 마음이었다.

그는 지금 이 시대에 상대를 배려하고 위로하는 태도가 필요하다는 말로 토크를 끝냈다. 싸우고 경쟁하고 쟁취하는 삶이 아니라, 공감하고 배려하는 삶. 그렇기에 이 세상엔 풀꽃의 비밀이 필요하다. 자세히 보고, 오래 들여다볼 시간이 필요하다. 자세히 들여다보다 보면 어여쁜 풀꽃이 보이고 어여쁜 '나'가 보이듯 어여쁜 '너'가 보이지 않을까. '나'를 사랑하는 마음이 자라나듯 '너'를 사랑하는 마음도 샘솟게 되지 않을까.

"자세히 보고
오래 보면
모두
사랑스럽다.
작은 풀꽃도,
너도 그렇다."

회장 아님,
그냥
대표임.

이삭토스트 대표

김하경

95화

'연대.' 일상과는 왠지 거리가 있어 보이는 말. 뉴스에서나 볼 법한 말. 이삭토스트의 대표 김하경을 만났을 때 가장 먼저 이 생경한 단어가 떠올랐다. 너무 생경해서 정확한 뜻이 뭔지 보려고 조용히 사전까지 뒤졌다. '여럿이 함께 무슨 일을 하거나 함께 책임을 짐.' '한 덩어리로 서로 연결되어 있음.' 나는 그를 통해 지극히 일상적인 '토스트'와 꽤나 비일상적인 '연대'가 머릿속에서 한데 얽히는 신기한 경험을 했다. 연대의 힘은 토스트만큼이나 제법 달콤 고소해 보였다.

식빵 한 쪽짜리 기적의 시작

3평짜리 가게에서 토스트 장사를 시작했다며 운을 뗀 김하경은 주부였다가, 사장님이었다가, 아픈 엄마였다가, 현재의 대표가 된 과정을 담담히 펼쳐 보였다. 그러고는 본인이 겪은 첫 번째 고비를 다른 사람 이야기를 하듯 이렇게 건조하게 표현했다. “부득이하게 생활 전선에 나서야 할 상황”이 되었다고. 하루 19시간을 내리 일한 이야기도, 매일 코피를 쏟고 위궤양에 걸리고 구안와사가 왔다는 이야기도 아무렇지 않게 전했다. 고생스러운 지난날을 회상하면 눈물이 나거나 마음 한구석이 아릴 법도 한데 한없이 담백했다.

그를 찾아왔다던 가맹점주들, 과거 본인의 모습을 연상시키는 저마다의 사연. 비법을 전수받겠다며 찾아온 사람에게 정작 가게를 차릴 돈이 없자 사비 8000만 원을 들여 첫 번째 점포를 내준 이야기. 무엇 하나 구구절절하지 않은 사연이 없건만 어느 부분에서도 김하경에게서는 감정의 고조가 느껴지지 않았다. 이삭토스트를 기업화하고 프랜차이즈화한 이유는 가맹점의 수익을 보전하기 위해서였다고 나직이 밝히는 순간조차.

대표라는 단어의 뜻

김하경이 유일하게 목소리를 높인 것은 '회장님'이라는 단어가 나왔을 때였다. 그를 질색하게 만든 그 단어는 도대체 어떤 의미였을까. 해외 매장까지 있을 만큼 크게 성공한 프랜차이즈 업체의 창업주가 자가용도 없다. 그에게 자신의 자리는 돈, 명예, 특권을 뜻하지 않았다. 그곳은 직원과 가맹점주, 그 가족의 생계를 책임지는 무거운 자리였다. 본인이 성공해서 올라선 자리가 아니라, 누군가를 책임지기 위해 맡은 자리. 그것이 김하경이 생각하는 '대표'의 자리였다.

처음을 기억하는 마음

타인의 고난을 자신의 고난으로, 모두의 책임을 자신의 책임으로 생각할 수 있으려면 얼마나 넓은 아량을 가져야 하는 걸까. 그런 넉넉한 마음이 그가 가진 종교의 힘이라고 여기면 잠시 편리하겠지만, 그렇다면 세상은 이미 연대의 물결로 가득 찼겠지. 한참을 되새기다가 인터뷰 내용을 처음부터 다시 죽 훑어보는데, 문득 이 말이 눈에 들어왔다.

"항상 처음을 생각했어요. 내가 얼마나 어려웠던가. 그렇게 생각하니 감사함밖에 없더라고요."

내가 누구인지, 내가 어떻게 일어설 수 있었는지, 그 모든 순간에 누가 함께였는지를 기억하는 사람은 믿을 수 없이 온화하고, 겸손하고, 끈기 있고, 따뜻하고, 강인했다. 그저 말을 듣고만 있는 내 몸이 뜨거워질 만큼. 그는 혼자 일어서고 나서 함께를 생각한 것이 아니다. 처음부터 사람들과 함께라고 믿었다. 처음부터 연대는 그에게 일상이었다.

"제가 이곳에 있음으로 인해 단 한 사람이라도 행복해진다면 그게 진정한 성공 아닐까요."

'회장님' 아니고 그냥 '대표'인 그를 마주 보며 나도 다짐했다. 나의 처음을, 내가 처음에 누구와 함께였는지를 잊지 말아야겠다고. 그리고 나 혼자의 힘보다는 함께의 힘을 믿고 의지해보겠다고.

덧붙이는 항변 하나: 나 토스트 정말 좋아한다. 유명하다는 식빵을 사다가 오븐에 구운 다음 버터를 듬뿍 발라 먹으면 어찌나 맛이 좋은지. 가끔 기분 내고 싶으면 딸기잼도 바르고, 에라 모르겠다 싶은 날엔 땅콩버터도 추가. 그렇지만 토스트를 좋아한다는 사적인 욕심으로 김하경을 섭외한 건 절대 아니다. (아마도.)

김민재 아님, 정동식임.

축구심판

정동식

196화

촬영장이 술렁거렸다. 촬영 당시에도 뜨거운 인기를 자랑하던 축구선수 김민재, 아니 김민재 닮은 꼴 축구 심판 정동식이 등장했기 때문이다. 그가 세계적으로 관심을 끈 것은 김민재가 SSC 나폴리의 세리에 A리그 우승의 주역이 되면서부터지만, 전부터 그는 K리그에서 김민재 닮은 꼴로 이미 유명했다.

사람들은 그라운드에 서 있는 김민재 도플갱어의 모습에 환호했다. 정동식의 이야기는 그리 중요하지 않았다. 하지만 토크가 시작되고 그의 이야기가 흘러나오자,

촬영장은 그가 처음 등장했을 때보다 크게 술렁였다. 그의 삶은 누군가의 닮은 꼴로서만 조명하기에는 너무도 치열하고 단단한 이야기로 가득 차 있었다.

꿈을 뒤로한 시간

지금은 심판이지만, 그는 고등학교 때까지 수비수로 뛰었고 축구로 대학에 진학했다. 스무 살까지 선수로서 온갖 노력을 기울인 그는 열정과 노력에 비해 재능의 크기가 작다는 사실을 깨닫고 축구를 그만두었다.

주머니에 있던 전 재산은 단돈 2000원. 당장 살 곳도 없던 스무 살 청년에게는 단 하나의 목표만 보였다. 살아남기. 살아남아 이 가난에서 벗어나기. 그는 하루 일곱 가지 일을 했다. 노숙자 쉼터 상담원, 신문 배달, 우유 배달, 초중고 축구심판, 일용직……. 이걸 하지 않으면 일어설 수 없다는 생각 하나로 버텼다. 그렇게 스물다섯이라는 나이에 1억이라는 큰돈을 모았다.

이제 '해야 할' 일에서 좀 벗어날 수 있을까 싶었지만 사기를 당해 돈을 하루아침에 몽땅 잃었다. 이십대와 맞바꾼 돈이 사라지자 선택해야 했다. 죽을 것인가, 똑같은 시간을 다시 보낼 것인가. 그는 후자를 택했다. 또 그렇게 7년을 보냈다.

해야 하는 일과 하고 싶은 일

살아남기 위해 홀로 발버둥 친 절실한 시간. 힘겨운 분투 중에도 그는 꿈을 놓지 않았다. 축구선수는 아니어도 심판이 되어 축구 곁에 남을 방법을 찾았다. 생계를 위해 해야 할 일을 지속하면서도 매일 체력을 단련하고, 수입이 일정치 않은 프리랜서 심판 생활도 기꺼이 견뎠다. 누구보다 축구를 사랑하는 마음으로 견뎌온 10여 년 인고의 시간은 푸른 그라운드 위를 달리는 프로 심판 데뷔로 결실을 맺었다.

축구심판은 프리랜서 개념이라 수당제로 운영된다. 경기가 없는 비시즌에는 수입이 없기에, 세 아이의 아버지로서 정동식은 지금도 심판과 환경공무관 일을 병행하며 가장의 책임을 다하고 있다. 여러 일을 모두 잘 해내려면 갑절로 힘들지 않을까, 주변에서 이런 질문을 많이 받는다고 했다. 하지만 그는 뜻밖의 답으로 나를 놀라게 했다.

"별로 힘들지는 않아요. 심판은 제가 하고 싶은 일이고, 환경공무관은 가족의 의식주 해결을 위해 가장으로서 해야 하는 일이죠. 하고 싶은 일과 해야 할 일을 병행하고 있으니 저는 행복한 사람이죠."

최선을 다해 꾸린 삶의 결실

해야 할 일을 달갑게 여기고, 책임을 다하고 있음에 감사하는 태도. 나를 포함한 많은 사람이 잊고 사는 마음이다. 사람들은 하고 싶은 일은 좋은 쪽으로, 해야 하는 일은 부담스럽고 무거운 쪽으로만 생각한다.

하지만 혼자 살아남아 이곳까지 온 정동식에게 해야 할 일을 잘해내온 것은 자랑스러운 역사였다. 가족의 생계를 책임지고 있다는 사실은 자부심이었다.

그토록 순수한 생의 의지가 느껴지는 사람은 정말 오랜만이었다. 억지로라도 웃으면 엔도르핀이 나온다는 얘기를 듣고, 힘든 시기에 거울을 보며 30초간 웃어 보였다는 정동식. 누구나 알지만 누구나 살아내지는 못하는 삶. 그 생을 살아내기 위해 끝없이 노력하는 순수한

인간. 맑은 진심과 순수한 열정이 그의 가족과 그라운드에 오래도록 전해지길 소망하고 소망한다.

외환위기로 모두 힘들던 1998년,

아빠가 20년을 다닌 증권회사에서 명예퇴직을 했다. 살림밖에 안 해본 아내와 대학생 딸 둘을 감당해야 했던 아빠는 회사를 그만두었다는 사실을 꼬박 한 달이나 숨겼다. 엄마에게 들키기 전까지 매일 아침 출근하듯 집을 나서서 어딘가에서 시간을 보내다가 퇴근 시간에 돌아왔다. 당시 아빠 나이는 지금 나보다 적었다.

아빠는 어디에 머물렀을까. 끼니는 잘 챙겨 먹었을까. 해가 뜨고 질 때까지의 기나긴 시간을 무슨 생각을 하며 보냈을까. 시공간을 초월해 어딘가로 갈 수 있다면, 나보다 어린 아빠가 시간을 보내던 집도 회사도 아닌 어딘가로 가고 싶다. 그곳에 가서 아빠를 찾으면 손을 잡고 말할 거다. 나중에 작은딸이 다 호강시켜드릴테니, 걱정 말고 함께 집에 돌아가자고.

이날 촬영장에 정동식의 아들이 함께 왔다. 제작진 곁에서 토크를 듣던 아이에게 유재석이 질문을 던졌다. 아빠 이야기 들어보니 어때요, 하니 대단하다는 생각이 들었단다. 아빠는 어떤 분이냐 재차 물으니 착하고 부지런한 사람이라는 답이 돌아왔다. 그 말에 정동식이 눈물을 흘렸다. 늘 바쁘게 살아왔기에 아이들과 충분히 함께하지 못한다는 아쉬움과 미안함이 있었는데, 힘들게 살아온 시간을 아들의 한마디로 보상받은 듯하다고 했다. 그 말에 곁에 있던 유재석마저 눈물을 훔쳤다.

사실 어린 나이에 내 보호자의 삶의 이야기를 진득하게 듣기란 쉽지 않다. 이 사람이 어떻게 살아왔는지, 어떤 시간을 보내고 있는지, 무엇을 꿈꾸고 무엇을 견디는지. 정동식이 아들의 말에 위로받은 것처럼, 이날 촬영장에서 보낸 시간이 아이에게도 아빠를 한 뼘 더 이해하는 기회가 되었을 듯하다. 내가 우리 아빠에게 제때 들려주지 못한 말을 그 친구는 늦지 않게 들려준 것 같아 조금은 부러웠다.

〈유퀴즈〉 스케줄표

2시간 남짓한 한 회분 방송을 만들기 위해서는 시간과 공력이 많이 들어간다. 방송이 어떻게 만들어지는지 궁금한 분들을 위해 〈유퀴즈〉 제작 주간 스케줄표를 살짝 공개한다.

월 기획 회의, 출연자 섭외, 퀴즈 검수

화 대본 회의 및 촬영 준비

수 촬영&방송

목 시청률 체크, 편집본 1차 시사

금 촬영 장소 서치

토, 일 편집본 2차 시사, 대본 작성

기획 회의와 출연자 섭외는 요일이 정해졌다기보다는 수시로 하는 일이다.
수요일은 여러모로 가장 중요한 날이다. 〈유퀴즈〉 녹화도 있고 방송도 있어서 종일 긴장을 늦출 수 없다. 촬영 날 나는 오전 6시에 기상한다. 매번 촬영장이 달라지는 만큼 출발 시각도 달라진다. 8시 전에는 촬영장에 도착하도록 준비를 하고 집을 나선다. 도착 후에는 MC 대본을 최종 점검하고, 어느 곳을 배경으로 촬영할지 카메라 감독과 상의한다.

오전 9시, 촬영 시작. 보통 예능 프로그램은 오후 촬영이 대다수이지만 〈유퀴즈〉는 직장인 표준 근무 시간에 맞추어 촬영한다. 오후 6시 전에 촬영을 모두 마치고 '칼퇴'하는 것이 우리의 목표이자 과제다.

촬영을 마치고 2시간 정도 지나면 대망의 오후 8시 45분. 〈유퀴즈〉 방영 시각이다. 예전부터 있던 버릇인데, 나는 본 방송을 잘 챙겨 보지 못한다. 일부러 그 시간에 딴짓하면서 실시간 반응과 시청률을 확인한다. 방송이 끝나고 모니터 내용을 간단히 정리하면 수요일 대장정이 막을 내린다.

〈유퀴즈〉 제작 과정

한 회분 방송을 제작할 때 가장 먼저 하는 일은 인물 혹은 주제 선정이다. 인물을 정하고 그에 어울리는 기획을 떠올리는 경우와, 주제를 정하고 그에 맞는 인물을 찾는 경우 두 가지가 있다.

인물이 정해지면 섭외를 진행하고(감사하게도 프로그램의 인기 덕분에 섭외가 아주 수월하다), 섭외를 완료하면 자료 조사를 시작한다. 인터넷과 각종 매체를 탐색하며 출연자에 관한 자료를 찾는데, 공개된 곳에서 찾을 수 있는 정보가 충분하지 않을 때는 전화로 간단히 사전 인터뷰를 한다. 자료 준비를 끝마치면 본격적으로 대본을 작성한다.

촬영일이 되면 MC는 작가가 쓴 대본을 바탕으로 본인의 궁금증을 더해 토크를 진행한다. MC와 함께하는 메인 토크가 끝나고 나면, PD와 작가는 주인공의 이야기를 더욱 생동감 있게 전달할 후속 영상을 촬영한다.

그렇게 촬영된 모든 소스를 가지고 PD가 편집을 진행, 작가진과 여러 차례 시사를 거치면 〈유퀴즈〉 한 화가 탄생한다.

좋은 기억이 좋은 선물이 된다.

신세계백화점
브랜드 비주얼 담당
유나영

136화

추위를 무지하게 타는 나는 겨울을 별로 좋아하지 않는다. 찬 공기가 얼굴을 스치는 가을 말이 되면 기나긴 겨울을 또 어찌 지내나 싶어 벌써 마음이 무겁다. 그래도 겨울이 조금이나마 기다려지는 까닭이 있다면 크리스마스 덕분이다. 황량해지는 세상에 반기를 들듯 너나 할 것 없이 곳곳을 포근하게 꾸며두는 덕에 추운 날씨도 조금은 따뜻하게 느껴진다.

크리스마스 하면 흥겨운 캐럴이 빠질 수 없겠지. 사실 나는 1년 365일 캐럴을 듣는다. 손가락 하나 까딱할 힘도 없을 때 캐럴을 틀어놓으면, 힘이 난다기보다는 그 순간을 잠시 잊게 되는 것 같다. 크리스마스가 원래 그런 시간 아닌가. 한 해의 고통과 슬픔은 잠시 잊고, 반짝이는 불빛과 화려한 장식 아래에서 행복을 반추하는 환상 같은 한때이니 말이다.

어딜 가나 마스크를 써야 하고, 반가운 이와 인사 한 번 편하게 나누지 못해 더욱 매섭던 어느 겨울. 지나가다 본 백화점 외벽의 크리스마스 영상이 온 마음을 사로잡았다. 눈 내리는 어느 겨울밤, 거리를 밝히는 눈부신 쇼윈도 안쪽에 하얀 스노볼이 놓여 있다. 작은 구체

를 들여다보면 문이 열리며 마법의 세계가 펼쳐진다. 마중 나온 남자를 따라 들어가면 화려한 서커스단이 솜씨를 뽐내고, 트리 오너먼트와 공중그네가 하늘을 가로지른다. 눈빛 코끼리와 얼룩말이 눈앞을 스쳐 지나가고 나면 이 모든 환상이 선물 상자에 담겨 포장된다. 마치 나를 기다렸다는 듯이.

나를 단숨에 환상의 세계로 인도한 영상은 신세계백화점 브랜드 비주얼 담당 유나영의 손에서 탄생했다.

크리스마스 산타의 정체

그토록 화려한 영상을 꾸렸으면서 유나영의 설명은 의외로 건조했다. 덤덤한 어조에 괜히 살짝 섭섭할 정도였다. 하기야 3분짜리 영상을 제작하고 건물 외벽에 전시하기까지 무려 10개월의 시간을 쏟았다니, 그럴 만도 하다.

영상이 상영되는 기간까지 합하면 1년 내내 한 프로젝트에 매진한 셈이다. 콘셉트와 스토리 구성, 일러스트 발주와 영상화 작업, 어울리는 음악 제작 의뢰와 본격 설치……. 환상도 여러 단계를 거치면 무감해지기 마련이다. 어릴 적 본 만화영화에서도 북극에 사는 산타가 꼬마 요정들과 함께 1년 내내 크리스마스 선물을 만들던데. 산타도 사실 크리스마스에 굴뚝 위를 날아다니며 제법 지친 모습이었을까. 그에게서 어쩐지 산타의 속사정이 겹쳐 보이는 것 같았다.

아름다움은 진심에서 나온다

하지만 영상의 아이디어가 어디에서 비롯하였는지 이야기할 때만큼은 그의 얼굴에 설렘이 드러났다. 본인에게 특별했던 크리스마스의 추억이 떠올랐기 때문이리라. 영상 초반에 등장하는 스노볼은 그가 아버지에게 받은 첫 번째 크리스마스 선물이었다. 문방구에서 처음 보자마자 빠져든 하얀 눈으로 가득한 스노볼. 아버지는 딸의 그 모습을 기억해두었다가 크리스마스 날 선물로 건네주었다.

"스노볼을 흔들면 안에서 눈이 흩날리잖아요. 가만 보고 있으면 그 세계에 빠져드는 듯한 기분이더라고요. 제가 느낀 마법 같은 기분을 담아보고자, 크

리스마스 영상도 스노볼 안으로 빨려 들어가며 서커스 쇼가 벌어지게 꾸렸어요."

보고 있으면 그 세계로 빠져들 것만 같던 스노볼의 기억은 영상의 모티프가 되었다. 잠시나마 힘든 일을 잊고 연말을 즐겁게 지냈으면 하는 마음, 이 영상이 뜻밖의 선물이 되길 바라는 마음. 그토록 포근한 마음을 전하고자 유나영은 가장 행복했던 크리스마스 추억을 기꺼이 나누었다.

당신이 전해준 크리스마스 선물

겨울을 화려하게 물들인 그해 크리스마스 장식은 수많은 어른과 아이 들에게 새로운 추억으로 남을 것이다. 오늘의 어린이가 자라 먼 훗날 어린 시절을 추억할 때 그 겨울의 영상을 떠올릴지 모른다. 그리고 누군가에게 또 다른 좋은 기억을 선물하고 싶어질지 모른다.

몇 해 전 생일에 친구가 선물이랍시고 직접 미역국을 끓여준 적 있다. 살다가 이런 호사를 다 누리는구나, 감격스러운 마음으로 미역국을 호호 불어 뚝딱 다 먹었다. 비록 미역국은 단숨에 사라졌지만 그날의 기억은 내게 그 어떤 선물보다도 귀중하게 남아 있다. 좋은 선물은 좋은 기억이 되고, 좋은 기억은 좋은 선물이 된다. 행복을 싣고 돌고 도는 크리스마스 열차처럼.

좋은 이웃이 좋은 의사가 된다.

왕진 의사

양창모

138화

초등학생 때부터 대학을 졸업할 때까지 부산 광안리 바닷가 바로 앞에 살았다. 방 창문을 열면 바로 바다가 펼쳐졌다. 눈앞에 푸른 바다가 넘실거리는데 보지 않고 배길 수가 있겠나. 학창 시절을 돌이켜보면 책상에 앉은 시간보다 창밖을 멍하니 바라보는 시간이 훨씬 길었다. 천천히 움직이는 바다를 보며 공상에 빠져 있다가 글을 끼적이기도 하고 시도 참 많이 썼다. 서정주가 '나를 키운 것은 팔 할이 바람'이라 했다면 나를 키운 것은 팔 할이 바다다.

가까이서 보면 파도가 매섭게 몰아치는 역동적인 공간이지만, 멀찍이 떨어져 보면 바다는 잔잔하기 이루 말할 데가 없다. 고요한 물의 움직임에 매료된 나에게 바다는 그래서 느긋한 것에 가깝다. 지금은 일각을 다투며 바삐 살아가는 삶에 너무도 익숙해졌지만, 요즘도 부산에만 가면 바다의 시간이 돌아온다. 그곳에서는 다른 세상에 온 것처럼 언제나 시간이 느리게 흐르는 기분이다.

대비 對比

여기, 서로 다른 시간을 가진 두 가지 풍경이 또 있다. 종합병원을 연상케 하는 도심의 큰 병원 대 소양강 물길에 둘러싸여 인적이 드문 강원도 춘천의 오지 마을. 흰 가운을 입은 의사 대 등산화를 신은 의사. 번호표를 들고 초조하게 순서를 기다리는 대기실 환자 대 대문 앞까지 누군가를 마중 나온 할머니. 환자 1인에게 배당된 시간, 3분 대 30분. 같은 세계에 펼쳐진 서로 다른 두 풍경.

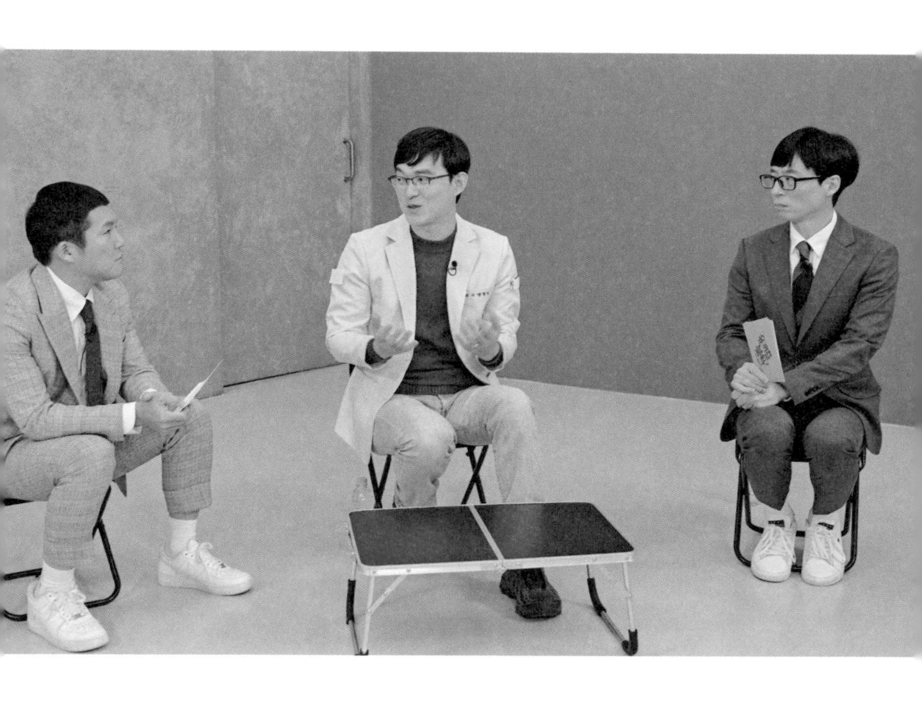

왕진을 결심한 이유

양창모는 두 풍경 가운데 후자에 속하겠다 선택한 사람이다. 물론 그 결정을 내리기 전까지는 그 역시 다수에게 익숙한 첫 번째 풍경에 속한 의사였다. 레지던트 시절 지인의 부탁으로 왕진을 몇 번 다녀오긴 했지만 그게 다였다.

"어느 날 할머니 한 분이 진료를 받으러 오셨어요. 거동이 불편하시니 시간이 오래 걸렸죠. 옆에서 부축을 해드리면서도 속으로는 빨리 진료를 봐야 하는데, 초조해하다가 생각했어요. 이건 아니구나."

그가 잘못되었다고 생각한 건 무엇이었을까. 환자의 상태보다 머릿수부터 헤아리던 자신의 모습? 진료실 문에서 환자용 의자까지 이동하기도 힘든 노인이 의사를 만나기 위해 겪어야 했을 힘든 여정? 그럼에도 의사에게 주어진 환자당 진료 시간은 채 3분을 넘기기 힘들다는 현실? 아마 그 모두였을지도 모른다.

진료실 밖으로 나가다

물론 이 상황을 최선의 선택이라 여길 수도 있다. 의사의 시간을 아끼면 더 많은 환자를 치료할 수 있다. 그 덕에 질 좋은 의료 서비스를 상대적으로 부담 없는 비용으로 누릴 수 있다. 하지만 그날의 경험으로 양창모는 '더 많은' 환자에 포함되지 못한 이들이 속한 진료실 밖 풍경을 보게 된 것 같다. 그리고 거기에 의사가 하나

쯤 있어도 괜찮겠다고 생각했는지 모른다.

의사의 효율이 아니라 환자의 효율에 자신을 맞추기로 한 의사. 그는 그렇게 왕진 의사 일을 시작했다. 걸어서 10분 거리인 정류장까지 가기 위해 집에서 2시간 전에 집을 나서야 하는 어르신들을 위해, 구두 대신 등산화를 신고 진료팀과 함께 환자들의 집을 방문했다.

좋은 의사와 좋은 이웃 사이

진료실을 벗어나니 시야에 더 많은 것이 들어왔다. 진료차 방문한 집에 걸린 가족사진, 혼자는 오르기 힘들어 보이는 현관 층계, 쉽게 미끄러질 것 같은 욕실 바닥, 보기만 해도 고관절이 저려오는 마을회관 앉은뱅이 식탁. 환자의 상태뿐 아니라 환자가 사는 풍경이 보였다. 진료실에서는 보지 못한 세계였다.

그는 좋은 의사를 넘어 좋은 이웃이 되기로 했다. 층계를 고치고, 욕실 바닥에 미끄럼방지 패드를 붙이고, 마을회관 식탁을 바꿨다. 그 덕에 환자들은 넘어져 다치지 않게 되었고, 무릎과 허리 통증이 줄었다. 좋은 이웃이 다시 좋은 의사가 되었다.

"환자의 삶 가까이에 있는 의사가 좋은 의사가 될 가능성이 커요. 좋은 이웃이 되면 좋은 의사가 될 수 있어요."

분주한 진료실을 벗어나 산 넘고 물을 건너 환자의 집으로, 의사라는 직함을 벗어나 이웃이라는 다정한 이름으로. 자신을 필요로 하는 이가 있다면 양창모는 기꺼이 생의 풍경을 바꿔왔다. 그간 살아온 삶의 리듬을 벗어날지라도, 그래서 자신이 조금 불편해질지라도 기꺼이 분투해보려는 마음은 얼마나 고귀할까.

처음엔 낯설었을지라도 새로이 마주한 풍경은 그에게도 분명 즐거움이 되는 듯 보였다. 시간이 더디 흐르는 곳에서만 볼 수 있는 아름다움에 관해서라면 나도 익히 알고 있다. 마음을 채우고 삶을 키우는 고요한 그 풍경. 그가 왕진을 다닐 어딘가의 풍경이 나를 키운 부산 바다와 겹쳐 떠오른다.

한끼 식사가 안부가 되다.

1000원 밥집 사장

김윤경

184화

한국인에게 '밥'은 대체 얼마나 소중하고 중요한가. 오후 2, 3시쯤 누군가를 만나면 "식사는요?"라고 인사를 건넨다. 삶이 괴로우면 '밥맛이 뚝' 떨어지고, 도무지 싫은 사람은 '밥맛없다'라고 욕한다. 서둘러 헤어져야 하는 사람을 향해선 '조만간 밥 한번 먹자'라며 손을 흔든다. 러시아인이 바이칼 호수의 아름다움에 관해 얘기하면 한국인은 그래서 근처 맛집은 어디냐고 묻는다는 인터넷 유머를 보고 한참 웃은 기억도 난다. 말 그대로 끼니를 챙기는 것조차 버겁던 시절을 버티며 급격하게 성장해온 나라이니, 우리 DNA에 밥이란 곧 생명이고 삶이고 집착일 수밖에.

이제 국민소득 몇 만 달러에 세계 몇 대 선진국이 되었다. 그래서인지 '식사하셨어요?'라는 질문이 꼭 '안녕하셨어요?'를 묻는 것 같지는 않다. 다들 밥은 먹고 살지, 요즘 굶는 사람이 어딨을까 여기기도 하고. 그러나 당연하게도, 함부로 넘겨짚어버리면 영원히 안부를 알고 지낼 수 없는 사람은 여전히 있다. 당장 밥 먹을 돈 몇 푼이 마땅찮은 사람들의 안부는 무관심에 묻혀 점점 잊혀간다.

밥 한 끼의 인사말

광주광역시 대인동의 대인시장 '해뜨는식당'에서는 밥으로, 누군가에게 요즘 잘 지내시는지 물을 수 있다. 어머니에게 물려받아 1000원 밥집을 운영하는 김윤경 덕분이다. 물려받았다는 말 때문에, 혹은 1000원이라는 말도 안 되는 밥값 때문에 김윤경을 건물주라 착각하는 이도 많다. 하지만 10여 년이라는 긴 시간 동안 그는 보험설계사로 투잡을 뛰며 식당을 유지해왔다. 사무실에 출근해 잠시 업무를 보다가 식당으로 이동해서 식사를 준비하고, 정신없이 점심시간이 지나가면 다음 날 반찬거리를 미리 다듬고, 그제야 다시 회사로 가서 밤까지 또 일을 한다. '빨간 날'만 빼고 매일매일. 그의 일상은 감히 엄두도 낼 수 없는 희생의 궤적으로 가득하다.

과자 한 봉지도 1000원을 훌쩍 넘은 시대건만 흑미밥, 시래기 된장국, 반찬 3종을 갖춘 백반 한 상을 차린다. 수지 타산이 맞을 수가 없다. 애초에 어머니가 처음 식당을 만들 때 받은 밥값은 이윤을 남기려고 책정한 금액이 아니다. "떳떳하라고, 부끄럽지 않으라고" 받는

돈이다. 그래서 적자 흑자는 아예 떠올리지도 않는다. 해뜨는식당에서 1000원은 백반 한 상의 밥값이 아니라 인사다. 하루 100여 명, 꼬깃꼬깃한 지폐를 쥐고 해뜨는식당의 문턱을 넘는 이들이 '오늘도 덕분에 안녕합니다' 하고 건네는 인사.

이름 없는 마음이 모여들어

20킬로그램 쌀 한 포대 값이 두 배가 되어버리는 동안에도 식당은 변함없이 유지되었다. 의지와 희생만으로 가능한 일이 아니다. 인터뷰도 따고 현장도 촬영하기 위해 대인시장에 다녀온 스태프는 의자에 앉기도 전에 해뜨는식당이 어떤 곳인지 증언하느라 바빴다. 식당 한쪽 벽을 빼곡히 채운 후원자 명단 속 수많은 이름, 수년째 주기적으로 찾아와 돕는다는 조선대학교 식품영양학과 동아리 학생들, 매주 꼬박꼬박 일손을 덜어준다는 자원봉사자, 밤새 가게 문 앞에 쌓여 있다는 쌀, 된장, 해산물, 과일, 고기. 심지어 국가에서 자기 앞으로 나온 쌀 포대를 이고 오는 손님도 있단다.

"처음 가게를 물려받았을 때는 딱 3년 버텨보자는 생각이었어요. 때마다 여러 사람의 도움을 받아 가게를 계속하게 됐죠. 전보다 더 많은 분이 찾아오셔서 식사 한 끼 드시고 가는 걸 보면 문 열어놓길 잘했다 하죠."

이름 모를 우리네 이웃이 적어도 밥 한 끼 정도는 잘 먹었으면 하는 마음을 지닌 사람들과 그 마음에 답하는 사람들이 모여 서로를 보듬는 곳. 김윤경의 해뜨는식당은 그렇기에 세상 어느 식당보다 특별하다. 따스하고 풍요롭다. 세상의 안부가 궁금한 이들이 이곳으로 더 많이 모여 서로 안부를 묻고, 서로 생존을 확인하며, 우리 모두 오늘 또 하루 잘 살아내고 있음을 느낄 수 있었으면 좋겠다. 인사는 원래 그러려고 나누는 거니까.

마음이 한껏 따뜻해진 촬영이 끝나고 혼자 돌이켜보니, 내게도 이들의 인사법이 필요하다는 생각이 들었다. 주변에서 요즘 잘 지내냐고 확인해오기 전에 내가 먼저 인사를 건넨 적이 얼마나 있나 싶어서. 한때는 주말이면 약속을 서너 개씩 잡을 만큼 먼저 안부를 묻고 어울리기를 좋아했는데, 나이를 먹을수록 인간관계가 점점 좁아지는 것만 같다. 그 좁아진 관계조차 벅차서 겨우 유지한다는 느낌이 들기도 하고.

그러다 불쑥 너무 외로워지는 날에는 누구라도 불러내야지, 하고 휴대전화를 열었다가 닫기 일쑤다. 아무 용건 없이 연락하는 게 괜히 낯간지럽기도 하고, 쉬고 싶은데 방해가 되진 않을까 싶어 걱정도 된다. 친구들에게 "바쁘지?" 하는 연락을 제일 자주 받고, 실제로 바쁜 일 때문에 답장을 제때 하지 못할 때가 많은 나이기에 선뜻 먼저 연락하는 일은 어쩐지 더 조심스럽다.

조만간 해뜨는식당에 한번 찾아가볼까. 가서 사장님이 맛을 자신한다는 시래기 된장국에 밥 한 그릇 먹고 누군가에게 먼저 안녕하세요, 하고 인사라도 건네볼까나. 따뜻한 안부가 모여 완성된 뜨끈한 한 끼로 마음을 데우면 내 안에도 다정한 인사말이 차오르지 않을까.

상처가 빛이 되다,

의사·타투이스트 조명신

103화

상처 없는 사람이 있을까. 마음의 상처 말고, 실제 몸에 나는 상처 말이다. 무릎 한 번 까지지 않고 살갗 한 번 긁힌 적 없는 사람은 존재하지 않는다. 작은 상처는 잊고, 크지 않은 흉은 마음에 담아두지 않을 뿐. 하지만 잊을 수 없거나 마음에 걸리는 상처를 입었다면? 몸의 상처가 마음을 다치게 한다면 무슨 선택을 할 수 있을까.

조명신은 성형외과 의사로서 오래도록 상처를 진료해왔다. 다쳐서 생긴 상처를 흉이 남지 않게 치료하고, 스스로 낸 상처라 할 수 있는 타투를 지워주기도 하면서 오랜 세월 여러 종류의 상처를 마주했다. 하지만 모든 상처를 완벽히 치료하기란 애초에 불가능하다고 여겼다. 1999년에 장미 문신을 만나기 전까지는.

타투와 사랑에 빠지다

1999년 어느 날, 한 남자가 문신을 지우겠다고 찾아왔다. 팔에 새겨진 장미꽃은 무척 아름다워서 지우기 아깝다는 생각이 들 정도였다. 문신을 지우기만 해왔건만 새기는 법을 배우고 싶어졌다. 잘 모르는 사람도 있겠지만, 대한민국 현행법상 타투를 새기는 일은 의사 면허가 필요한 의료 행위로 분류된다. 엄연한 의료 행위인데 타투를 새기는 의사가 없다면 내가 하겠다, 하는 생각으로 조명신은 장미 문신을 해준 타투이스트를 찾아 오산으로 향했다. 타투에 흥미를 느낀 그의 발걸음은 미국 디트로이트 타투 스쿨까지 이어졌다.

의사인 그의 눈에 당시 타투는 상처에 불과했다. 언젠간 지워야 하는데 기꺼이 스스로 몸에 새기는 것이 이해가 가지 않았다. 하지만 타투를 익히자 다른 시각이 생겼다. 타투는 상처를 덮을 수 있는 상처였다.

타투로 마음을 치유할 수 있다면

그는 제빵사로 일하던 한 환자의 이야기를 들려주었다. 백반증 때문에 손에 희끗희끗한 점 수십 개가 있던 환자는 피부병으로 의심받을 것이 두려워 손님에게 시식용 빵도 권할 수 없었다. 조명신은 손등과 동일한 색의 타투를 점 위에 하나씩 입혀 그를 치료해주었다. 그때 깨달았다. 타투를 활용해 성형 수술만으로는 지울 수 없던 깊은 상처를 새롭게 보듬을 수 있겠다고. 아마도 환자의 마음까지 함께 치유할 수 있겠다고.

"사람들은 남의 상처를 너무 가볍게 생각해요. 사실 상처에는 우리가 보는 것 이상의 아픔이 있거든요. 그날에 얽힌 수많은 기억과 상황이, 오랜 시간이 지나도 극복하기 힘든 트라우마가요."

환자도 의사도 쉽게 지울 수 없는 상처는 타투를 만나 전혀 다른 존재가 되었다. 소방관이 입은 전신 3도 화상의 흔적은 눈부신 빛이 되었다. 교통사고를 상기시키던 흉터는 장미 덩굴이 되었다.

그는 현재 소방관과 치매 노인을 대상으로 무료 타투

를 해주고 있다. 자주 위험에 노출되어 몸에 상처가 많은 이들이 부담 없이 흉터를 보듬을 수 있도록, 중요한 정보를 잊어가는 이들이 혹여나 길을 잃었을 때 안전하게 보호자 곁으로 돌아올 수 있도록 말이다.

그에게 의사와 타투이스트라는 두 가지 일을 병행해 온 동력에 관해 물었다. 그의 답은 간단했다. 재미와 의미. 그간 3만 건 이상 집행한 성형 수술은 기억에 남지 않더라도, 20년 가까이 해온 타투는 하나도 빠짐없이 전부 기억난다고 했다. 일의 특수성 차이도 있겠지만, 조명신이 그간 새긴 타투를 전부 기억하는 이유는 몸 바깥의 상처를 보고 마음까지 함께 치유하려는 그의 사려 깊은 손길 덕분 아니었을까. 그의 세심한 타투 니들이 움직이면 환자들은 상처에 얽힌 아픈 기억을 한 번 덮고 지나간다. 들추지 않고, 떠올리지 않고.

희미해진 눈물자국을 잊지 않았다.

옥매광산 강제동원 생존자 故 김백운

30화

초인종 소리에 맥없이 열리는 문. 처음에는 문이 열린 지도 몰랐다. 현관문을 살짝 당겨 열고 들어가 인사드리자, 집주인은 기운이 없는 듯 우리를 맞으며 소파에 털썩 주저앉았다. 국내 최다 인원 강제동원으로 기록에 남아 있는 해남 옥매산 꼭대기 광산. 그곳에 강제동원된 노동자이자 유일한 생존자, 김백운을 만났다.

수십 개는 족히 되어 보이는 사진 액자가 벽면을 빼곡히 채운 거실에 앉아 그에게 이야기를 청했다. 옥매산 봉우리가 주저앉을 정도로 무분별하고 지독하게 이루어진 약탈과 그에 비례해 고됐던 노동, 일본의 패색이 짙어지던 시기 하루아침에 가족과 헤어져 옥매산에서 제주도까지 끌려간 강제동원의 순간, 제주도 해안가 작업장에서 살기 위해 씹어 넘긴 풀국과 깔깔한 수수밥의 맛.

74년이라는 세월이 흘렀지만, 기억을 더듬어 이야기를 들려주는 그의 눈빛에 돌연 형형한 기운이 맴돌았다. 그는 온 힘을 다해 기억하고 말하고 있었다.

기다리던 광복과 돌아오지 못한 사람들

기억의 궤적은 해남 옥매광산에서의 노동과 제주에서의 강제동원을 거쳐 광복으로 이어졌다. 연합군 공습에 대비하기 위해 제주도로 끌려간 인부들은 일본이 패망하고 광복을 맞이하자 해남으로 돌아갈 수 있게 되었다.

그들을 위해 준비된 작은 초계정 한 척. 새벽 1시, 작은 배는 옥매광산 회사 중역 일본인 5명과 조선인 250명을 싣고 출항했다. 어두운 밤의 출항. 그것부터 석연찮은 느낌이었다. 출항한 지 얼마 되지 않아 배가 고장 났다. 한 번 고치고, 두 번까지 고쳤지만, 세 번째에는 결국 불이 났다.

열기를 견디지 못한 사람들이 바다로 뛰어들었다. 판자 조각에 몸을 의지한 채 구조선을 기다렸다. 다음 날 도착한 일본 군함은 조선인 구조가 목적이 아니었다. 그들은 배에 올라타는 인원을 하나하나 감시하며 초계정에 탑승했던 일본인의 생사를 확인했다. 그리고 일본인 생존자가 모두 탑승하자 곧바로 자리를 떴다.

바다에 옥매광산 노동자 118명이 수장되었다. 일본은 마지막까지 조선의 생명을 착취하고 바다에 버렸다. 그는 운 좋게 집으로 돌아올 수 있었다. 모든 일을 목도하고 모든 일을 기억해야 하는 유일한 생존자가 되어.

"고향에 갈 수 있다니까, 굴 파고 일하면서도 그 사람들이 제주도에서 선물로 가져간다고 미역 같은 걸 준비했더라고. 근데 그걸 누구한테 말해……."

슬픈 역사를 기억해줘요

가슴에 박혀 있다는 그의 기억. 그것은 지독한 고단함에 관한 기억이자, 피 끓는 억울함에 관한 기억이었다. 기억하기도 전에 잊힌 이야기에 관한 분노의 기억이기도 했다. 전해 듣기만 해도 먹먹한 고통의 역사를 우리는 너무 쉽게 잊은 것 아닐까. 강제동원이 이뤄졌던 옥매광산 저장고에 김치 항아리를 보관하고, 옆 마을 사람조차 광산의 존재를 알지 못하게 되고, 누군가가 옥매광산의 흔적을 훔쳐가도 아무도 상관하지 않는 사이에.

질문을 던지면 그는 "그때 어떻게 했냐면은" "그 소식은 어떻게 들었냐면은" "그 얘기가 어떻게 됐냐면은" 하고 운을 먼저 띄우고 이야기를 시작했다. 오랜 기억을 반추할 때 첫머리에 나오는 말버릇. 절대 잊을 수 없기에, 잊어서는 안 되기에 혼자서 수없이 복기하고 생각하고 말하고 기억한 자의 오랜 버릇이 아닐까 생각했다. 김백운은 그렇게 마지막 생존자로서 혼신의 힘을 다해 기억의 무게를 견디고 있었다.

오늘을 살아가는 젊은이에게 해주고 싶은 말씀이 있느냐는 질문에, 그는 단 몇 마디로 답했다. 그 대답이, 당신이 들려준 기억과 함께 오래도록 마음에 박혀 있을 것만 같다.

"말할 자격이 없어. 요새 어른으로서는. 나라를 생각하는 어른이 없는데 뭐라고 부탁을 하겠어. 어른들 닮지 마라. 정도正道를 가라."

<유퀴즈>에서 광복절이나 3·1절을 기리는 국가기념일 특집 방송을 준비할 때, 당시를 살았던 이의 인생 이야기를 통해 역사를 톺아보고자 하는 편이다. 한 사람 한 사람의 이야기에 관심이 많은 내 개인적인 성향 때문도 있지만, 그때 그날을 살았던 개인의 이야기를 듣다 보면 결국 그 이야기가 커

다란 역사의 줄기를 이루는 경우가 많다.

겸허하고도 무거운 마음으로 이야기를 경청하고 돌아온 날이면 밤새 그런 생각이 든다. 내가 살아가는 삶은 어떤 역사의 줄기를 이루게 될까. 내 삶은 어떤 세상을 증언할 수 있을까. 그들만큼 자신 있게 내 삶을 꺼내 보일 수 있을까. 부끄럽지 않은 삶을 살아보겠다고 새삼스럽게 마음을 다진다.

2022년 8월 17일, 나라가 광복을 맞은 지 77년하고도 이틀째 되던 날. 김백운이 향년 구십오 세로 별세했다. 옥매광산의 유일한 생존자는 영면에 들었지만, 그의 삶은 영원토록 잊혀선 안 될 것이다. 김백운이 들려준 이야기를 기억하는 것은 이제 우리 몫이다. 세상에 그 기억을 보태는 데에 <유퀴즈>가 조금이라도 도움이 되면 좋겠다.

"젊은이여,
정도正道를 가라."

당신의 마지막 모습을 잊지 않았다.

특수청소 전문가 김새별

66화

힘들 때마다 곱씹는 말이 있다. "시간이 약이다. 다 지나간다. 지나면 별일 아니다." 이것만큼 상황을 견디게 하는 말은 없다. 어려운 상황에 부딪히면 매번 혼자 습관처럼 되뇐다. "시간이 약이다. 다 지나간다. 지나면 별일 아니다."

언제든 꺼내 쓸 수 있는 효과적인 처방이라 생각했건만, 이 말로도 위로가 되지 않는 순간이 있었다. 외롭다는 생각을 자주 하는 나에게 고독은 언제나 곁에 있는 익숙한 감정이다. 그러나 사랑하는 가족이 세상을 떠나고, 신뢰하던 친구와 결별한 경험은 상상할 수 없는 거대한 고통을 안겨주었다. 세상에 나 홀로 남겨지고, 두 번 다시 마음을 알아주는 이를 만날 수 없을 것 같은 아픔. 그런 고통은 시간이 지나도 쉬이 낫지 않는다.

김새별은 그런 아픔의 자리에 선뜻 나아가 고인의 마지막 자리를 정리하는 특수청소 전문가다. 고독사, 자살, 살인사건은 그에게 제법 익숙한 단어다. 장례지도사로 근무하던 어느 날, 한 유족의 부탁을 받고 시작한 일이 이제 일상이 되었다.

장례지도사로서 수많은 죽음을 목격해온 터라 사람들이 생각하는 두려움이나 거리낌은 처음부터 없었다. 보도 자료만 봐도 섬뜩한 살인사건 현장 또한 그에게는 엄숙한 마음으로 묵묵히 떠나보내야 하는 어느 생의 마지막 페이지였다. 하지만 그도 마음이 괴로워지는 순간이 있다고 했다.

"청소가 끝나면 현장 냄새가 귓속까지 배요. 하지만 냄새보다 힘든 건 주변의 냉랭한 태도예요. 우리 집 앞에 차 대지 마라, 냄새나는데 도대체 언제 끝나냐, 집 앞 소독해라, 그런 차가운 시선요."

죽음보다 차가운 사람들

한 생명의 마지막을 슬퍼하기보다는 자신이 받는 피해에만 집중하는 이가 많다. 끔찍스러운 냉정함은 또 사람을 얼마나 서글프게 만드는지. 본인들이 질색하는 상황을 정리하기 위해 그가 왔다는 사실조차 잊는다.

순간의 불편을 참지 못하고 예의를 잊은 마음. 이웃의 누가 어떻게 왜 유명을 달리했는지 따위 전혀 상관없다는 듯 몰이해한 태도. 소금을 맞으며 일과를 끝내는 김

새별의 마음에는 고인도 느꼈을지 모르는 외로움이 얼룩진다.

대부분의 유족은 슬픔에 잠긴 채 정리를 부탁한다. 하지만 다른 모습을 보이는 유족, 순서를 모르는 사람도 존재한다. 애도를 표하기도 전에 자기 몫부터 탐하는 사람들. 그들은 고인의 마지막 자리를 구둣발로 밟고 들어와 마치 아무도 살지 않던 곳이었다는 듯이 헤집는다. 떠난 사람의 마지막 자리를 더럽힌다. 그 무자비한 모습은 죽음보다 더 큰 상처다.

삶보다 뜨거운 사람들

하지만 정작 떠난 사람의 마지막 자리에는 삶에 대한 애착과 남겨질 이들을 향한 사랑이 있다. 아끼느라 신지 않은 새 양말 한 묶음, 병에 차도가 있다는 약초를 말려놓은 흔적, 두고두고 쓰려고 쌓아둔 휴지 더미, 자식에게 주려고 뜯지도 않고 쌓아둔 조리 도구. 더 살길 원했고, 사랑하는 사람과 조금 더 함께이길 원했던 흔적은 김새별의 기억에만 남는다. 인생이 덧없다는 감각을 새삼 일깨우면서.

"일을 하다 보면 생명이 소중하다기보다는 파리 목숨밖에 안 되는구나 싶어요. 삶을 애착 있게 살아가던 분들이 주변의 도움을 받지 못하고 홀로 돌아가시는 걸 보면서, 인생 참 덧없구나……."

덧없고 부질없는 인생. 그 혼자 간직해야 하는 고인의 마지막 자리를 누군가가 함께 나눠준다면 그런 감각이 조금이라도 옅어질지 모른다. 고인 곁에서 삶을 꾸려가는 이들이 조금만 더 관심을 갖고 떠난 자리를 함께 어루만져준다면. 그렇다면 누구도 피해갈 수 없는 인생의 끝자락에 쓸쓸함 아닌 다른 기억을 남길 수 있지 않겠는가.

작가 다이어리

2018년 8월 16일

새 프로그램의 첫 촬영을 마쳤다.
이렇게나 더운 날, 이렇게나 붐비는 광화문에서!
누구 하나 긴장하지 않은 사람이 없었다.
30년차 베테랑 MC는 물론, 20년 차 작가인 나도
마찬가지였다. 정돈된 세트에서 카메라에
익숙한 이들과 하는 촬영도 아니고,
길 한복판에서 약속도 안 된 사람과 토크를 하는
실험적인 콘셉트라니. 어느 정도 각오는 했지만
막상 촬영을 시작하고 나니 막막함이 밀려왔다.
MC를 보고 모여들긴 하는데, 막상 토크 할 사람을
찾으면 부끄럽다며 줄행랑이 일쑤. 아, 큰일났다!
어찌어찌 한 분이 토크에 응해줘서 촬영을 이어가는데,
이게 맞나? 이거 방송에 나갈 수 있나?
말복에 폭염주의보까지 내렸다더니 날은 또 어찌나
더운지. 땀이 줄줄 흐르는데 등줄기엔 서늘한
식은땀까지 더해지고……. 어쨌거나 이미
시작된 일. 물러설 곳도 없다.
나, 잘할 수 있겠지?

2021년 4월 28일

재석오빠의 데뷔 30주년 특집 촬영이 있었다.
본인 일에 호들갑 떠는 것을 세상에서 제일 싫어하는
사람인 만큼 서프라이즈로 녹화를 준비했는데,
소심해서 큰 거짓말은 못 하겠고 친구 특집이라고
대충 둘러댔다. 풍선도 준비하고 케이크도 맞추고,
아침 일찍 출근해서 다 같이 분주하게 촬영장을
꾸며놨는데 오프닝부터 괜히 마음이 조마조마.
아니나 다를까 너무 민망해하는 모습을 보니
잘한 건가 싶었는데……
그래도 오랜 시간 함께한 그에게 이번 기회를
틈타 그냥 말했다, 고마웠다, 함께할
수 있어 든든하다는 말을 해주고 싶었다.

2022년 12월 14일

대한민국 콘텐츠 대상 시상식에서 <유 퀴즈 온 더 블럭>
으로 국무총리 표창을 받았다.
혼자만의 노력으로 이뤄낸 성과는 아니기에 조금
낯간지럽기도 했지만, 그간 숱은 애정과 노력을
누군가 알아주는구나 싶어 감사했다.
한때 내 작가 생활의 가장 아픈 손가락이던
프로그램이 어느덧 이렇게 자랐다.

<유퀴즈>를 집필하면서 늘 염두에 둔 목표는
이 프로그램으로 인해 아무도 상처받지 않는 ~~것이다.~~
것이었다. 누군가가 직접 나와 자신의 이야기를
털어놓는, 그야말로 사람으로 가득한 프로그램인 만큼
조심 또 조심했다.
큰 마음 먹고 나온 출연자는 물론이고, 방영 후에도
이 이야기로 상처받는 사람이 없길 바랐다.
매번 모니터링하며 그 마음이 잘 지켜지고 있는지
궁금했는데, 잘하고 있다는 신호로 조심스레
받아들여도 되려나.

〈유퀴즈〉에서 만난 배우들이 자주 하는 말이 있다.
"현장에 오래 있고 싶어요." 이 일을 시작할 때부터
예능작가는 직업 수명이 길지 않다는 말을 누누이
들었다. 항상 트렌드를 예민하게 살펴야 하고,
아무래도 체력적으로 힘든 일이다 보니 그럴 만하다.
가끔 나도 현장에서 옛날만큼 에너지가 나오지
않는 기분이 들기도 한다. 하지만 나도 요즘은
배우들과 꼭 같은 생각을 한다.
촬영 현장에서 오래도록 일하고 싶다고.
내게는 아직 궁금한 이야기가 많고,
들려주고 싶은 이야기도 많다.

★30★

★30★

3부

생의 기록

어느 날 갑자기 사고를 만났다.

작가·이화여대
사회복지학과 교수
이지선

186화

인간은 미래를 그릴 때 절망보다 희망의 편에서 생각하기 마련이다. 당연하다. 불행에 사로잡힌 내일을 꿈꿀 사람은 없으니까. 물론 하기 싫은 일이나 부정적인 결말부터 떠올리는 사람도 있겠지. 그러나 행여 좀 괴로운 미래가 펼쳐진다 해도 너끈히 견딜 만한 수준일 거라 믿고 바란다. 아니, 견디지 못할 정도의 불행이 굳이 나한테까지 올 일은 없을 거라고 여긴달까. 이렇게도 표현할 수 있을까. 사람들이 생각하는 '날마다의 평범함', 즉 일상日常에는 예상 밖의 절망이 틈입할 새가 없다고.

내일은 쉽게 오지 않는다

교통사고가 나기 전 이지선은 일상을 살았다. 스물셋, 대학 졸업을 앞둔 나이. 오빠의 차를 타고 집으로 돌아가던 길에 음주 운전자가 신호 대기중이던 차를 들이받았다. 사고 직전 그가 오빠와 나눈 대화 주제는 아이러니하게도 '내일 뭐 하지?'였다.

아무렇지 않게 계획하는 다음 날. 하지만 쉬이 다가오지 않던 내일. 평범한 일상을 순식간에 바꿔놓은 그 사고 이후, 한 치 앞도 보이지 않는 절망을 마주하고 나서야 그는 오늘을 버티는 것이 위대한 일임을, 다음을 상

상하는 것이 곧 희망을 꿈꾸는 엄청난 일임을 깨달았다고 한다.

"어느 날부터 '사고를 당했다'라는 표현이 맞지 않는다는 생각이 들었어요. 그렇게 말할 때마다 제가 자신을 피해자라고 설명하는 것 같았어요. 그런데 피해자로 살고 싶지 않았고, 돌아보니 그렇게 살지도 않았더라고요. 그래서 스스로 그냥 말을 바꾼 거예요. '사고를 만났다'로."

삶을 다시 써 내려가다

'사고를 당함'이 '사고와 만남'이 되자 비로소 사고와 헤어질 힘이 생겼다. 예기치 않게 삶에 찾아온 불행을 자신의 시선으로 돌아보고 자신의 언어로 다시 쓰는 일이었다. 절망을 헤쳐 나가기 위해서 꼭 필요한 일이기도 했다. 모두 아는 뻔한 이야기, 뻔한 말을 제 언어로 새로 표현하는 것은 그만큼 오래도록 생각하고 앓고 맞부딪혔기에 가능했으리라.

이지선은 시종 담담한 어투를 유지했다. 그 모든 이야

기를 흔들림 없이 전할 수 있기까지 그가 버티고 이겨낸 절망의 무게를 감히 가늠할 수조차 없었다. 너무도 힘들던 시간을 그는 주변 사람의 눈빛에 빚지며 무사히 지나왔다고 했다. 그를 사고를 당한 이지선, 환자 이지선으로 보지 않고 이전과 동일하게 '내가 사랑하는 누군가'로 봐준 눈빛 덕에 새로운 인생을 꿈꾸고 삶을 새롭게 써 내려갔다.

"당장의 상황이 암울하고 절망적일지라도 우리 인생은 결코 비극으로 끝나지 않을 거예요. 그런 기대감을 품고 오늘을 살아가다 보면 분명 그런 날이 올 거예요."

설사 지금 무너지고 있는 사람들에게 이 목소리가 가닿지 않을지라도 이지선은 여전히 희망을 갖고 있다. 들리지 않을 사람들에게 소리 내어 이야기하는 것. 살 수 없을 것 같지만 살아보는 것. 반갑지 않은 사고를 삶으로 보듬어보는 것. 그 모든 것이 아이러니지만, 살기로 선택한 순간 아이러니는 희망이라는 하나의 가능성

으로 삶을 지탱할 것이므로.

나도 모르게 15년 전에 출근하려고 집을 나섰다가 계단에서 굴러떨어진 일이 떠올랐다. 그때 허리를 심각하게 다쳐 큰 수술을 몇 번이나 했다. 병원에도 얼마나 오래 있었는지 모른다. 프로그램 걱정은 둘째 치고, 다시 예전처럼 몸을 쓸 수 있을까, 혹시 두 다리로 걷지 못하면 어떡하지 하는 걱정과 공포에 날마다 짓눌렸다. 병원 침대에서 소리 안 내려고 애쓰면서 울기도 참 많이 울었다. 실컷 울고는 어떻게든 이겨내고 말겠다고 이를 악물었다. 기필코 현장으로 돌아가고 말겠다고 주먹을 꽉 쥐었다. 다행히도 몸은 기적적으로 회복되었다. 나은 게 기적이라는 말에 더 울며 고마워했더랬다. 오늘에서야, 기적은 치료받은 병원이 아니라 내가 굴러버린 그 계단에서 벌어진 게 아닌가 하는 생각이 들었다. 나는 기적적으로 나은 게 아니라 기적적으로 덜 다친 게 아닐까. 기적이 없었다면 훨씬 크게 다치지 않았을까. 불행에 효율적이고 성공적으로 대처하는 법 같은 건 없을지 모른다. 삶은 내 태도로, 내가 품은 희망으로, 단단해진 내 마음으로 지탱하는 거니까.

"우리 인생은
결코 비극으로
끝나지 않을
것이다."

어느 날 갑자기 물어봐주세요, 오늘 뭐 먹었냐고,

예일대 정신과 교수

나종호

177화

자살 충동을 느끼고 실행하는 데까지 대략 10분 정도 걸린다고 한다. 생각보다 아주 짧은 시간이지만, 자살을 떠올린 사람들이 그동안 압축적으로 느끼는 절망과 우울은 상상을 초월할 것이다. 고작 몇 분으로 그들의 감정을 이해하기란 불가능하다. 다만 그들을 막을 수는 있다.

나종호의 프로필을 처음 접하는 사람들은 그를 공부 잘하는 엘리트, 탄탄대로를 걸어온 성공한 의사라 생각할 것이다. 틀린 말이 아니지만 그는 현재의 자신을 설명하면서 세 사람을 덧붙였다. 대학교 1학년 때 만난 선배, 군대 동기, 레지던트 동기. 세 사람은 지금 이 세상에 없다. 모두 자살로 생을 마감했다. 그들의 죽음이 지금의 나종호를 만들었다. 다시 돌아간다면 그들의 자살을 막고 싶다는 생각으로.

슬픔과 고통은 평등하다

혹자는 물을 것이다. 개인의 선택을 왜 막아야 하냐고. 막을 수나 있냐고. 그 답은 이미 나와 있다. 우리는 누군가의 자살을 막을 수 있으며, 막으려고 노력해야 한다. 환자 자신도, 의사도, 주변인도, 모두 함께 노력해야 한다. 그 이유는 이런 일이 누구에게나 일어날 수 있기 때문이다.

내가 당장 우울하지 않다고, 자살하는 이를 이해할 수 없다고 해서 남 일이 되는 것이 아니다. 삶이라는 여정에는 예기치 못한 시련과 고통이 즐비하다. 기나긴 삶을 길을 따라 걷다 보면 때로는 보이지 않게 움푹 팬 곳에 발을 헛디뎌 넘어지기도 하고, 갑자기 맞닥뜨린 가파른 오르막길을 오르며 다리에 힘이 풀릴 수도 있다.

어떻게 함부로 항상 '괜찮을' 것이라 장담할 수 있겠는가. 나와 너, 우리는 때때마다 서로 기대고 지탱하며 함께 이 길을 걸어야 한다.

"우리는 스스로에게도 타인에게도 조금 더 관대해져야 해요. 항상 괜찮을 수 없음을, 괜찮지 않아도 괜찮음을 서로 알고 이해하면 정신적으로 더 건강해질 수 있지 않을까요."

서로를 보듬고 책임지는 법

그의 말에서 열외될 수 있는 사람은 아무도 없기에 우리는 자신과 상대를 보듬는 서투른 노력을 시작해야 한다. 힘든 시기를 보내는 이가 있다면 자신의 감정을 솔직히 들여다보고 도와달라고 손을 내밀어야 한다. 괜찮지 않다고 고백해도 괜찮음을 알아야 한다. 그리고 도움을 요청받은 사람은 귀 기울여 이야기를 듣고, 옆을 지켜주고, 때때로 안부를 물어보자. 그 질문이 누군가에게는 삶을 이어가는 원동력이 될 테니 말이다.

얼마 전 친구들을 만났을 때, 한 친구가 이언주의 이십대는 짬뽕, 삽십대는 아귀찜으로 통한다는 말을 했다. 곁에 있던 모두가 박장대소를 하며 강렬히 동의를 표했다. 기본적으로 얼큰한 음식을 좋아하긴 하는데 그 정도인가 싶어 물으니, 만나서 무얼 먹을래 하면 언제나 답이 정해져 있었단다.

안부는 이처럼 아주 사소해도 좋다. 오늘 잘 지냈는지, 무엇을 먹었는지, 무엇을 먹고 싶은지. 소소한 인사가 누적되면 다정한 마음으로 돌아온다. 오늘까지 나를 살게 한 힘에는 분명 내가 좋아하는 음식을 기억해준

이의 다정한 관찰력과, 그 이야기에 함께 웃은 이들의 다정한 관심이 있을 것이다. 그러니 오늘은 나에게, 또 곁에 있는 사람에게 따뜻한 안부를 처방해보는 건 어떨까. '오늘 뭐 먹었어?' '뭐 먹고 싶어?'

인생의 필수 조건은 타인의 숨결.

장기이식 코디네이터

신혜림

118화

하루가 버거운 날이면 마음을 달래줄 노래가 생각난다. 요즘 자주 꺼내 듣는 노래는 허회경의 '그렇게 살아가는 것'. 마음에 증오가 가득하다가도 돌연 사랑이 차오르고, 솟아난 다정함이 무색하게 곧바로 분노에 잠식되고. 매번 반복되어 제법 익숙해졌다고 생각한 마음의 낙차가 걷잡을 수 없이 두려워지는 날에는 그 진폭을 곱씹다 눈을 감고, 잠이 들고, 살아가는 것. 쓸쓸하고도 외로운 목소리로 가수는 삶이란 이런 것이라고 담담하게 노래한다.

힘들 때마다 이 노래가 생각나는 건 마지막 가사 때문이다. "한숨 같은 것을 내뱉고 사람들을 찾아 꼭 안고선 사랑 같은 말을 다시 내뱉는 것." 사람 때문에 고통스러운 삶이라지만, 끝내 다시 누군가를 찾아 한숨을 사랑으로 되돌려 뱉어내는 것. 그것이 삶의 핵심이 아닐까, 노래를 들으며 생각한다.

생사의 경계에서 감당해야 하는 중력

살면서 여러 직업군의 사람을 만나 왔지만 그의 직업은 꽤 낯설었다. 장기이식 절차 상담부터 환자 상태 파악, 적출 장기 이송까지 이식수술의 전 과정에 관여하는 장기이식 코디네이터.

생사가 갈리는 응급실 간호사 경력만 13년인 신혜림에게도 장기이식 업무는 매일이 고충이었다. 장기별 골든타임을 사수하기 위해 수십 킬로그램이 넘는 가방을 들고 백방으로 뛰어다니는 업무도 고되지만, 수없이 반복해도 절대 익숙해지지 않는 일이 하나 있다고 했다. 장기이식 코디네이터가 해야 하는 가장 무겁고 막중한 임무, 뇌사 환자의 장기기증을 권유하는 일이다.

"보통 갑작스러운 사고를 겪은 분이 많아요. 그날 상태를 이제야 들은 보호자께 또 다른 상처가 될까 봐 힘들어요. 상담하는 매 순간 수만 가지 생각을 해요. 이 단어를 뱉어도 되나, 이 찰나에 숨을 크게 쉬어도 되나……."

신혜림의 앞에는 누군가의 사랑스러운 가족으로 찬란한 생을 살아가던 사람들과, 슬픔에 앞서 사랑하는 이의 마지막 숨결로 타인을 구하는 결정을 내려야 하는 사람들이 있다. 비통한 죽음의 무게를 몇 번이고 체감하며 숨을 삼켜야 하는 일. 그것이 그의 일이다.

하지만 그는 자신이 그 자리에서 가장 힘들지 않은 사람이리라 생각하며 마음을 다잡는다. 사그라지는 숨결이 타인의 생명으로 이어지는 순간까지 예의를 갖추고 진심을 담아 함께한다. 이 모든 순간이 무엇 하나 허무하게 사라져서는 안 될, 가장 고귀한 마지막이기 때문이다.

위대한 숨

사람들의 마지막 순간에 머무는 것이 그토록 힘들다면서도 누군가가 꼭 해야 하는 일이라면 자신이 기꺼이 하고 싶다는 신혜림. 그는 힘겨운 한숨을 아끼고, 조심스럽게 한숨을 아껴서 사랑으로 피워내기 위해 분투한다. 그가 고르고 골라 내쉰 숨은 이 땅에서 또 다른 숨결로 피어난다. 그렇게 이어진 생명은 이 땅에서 다시 소중한 삶을 이어갈 것이다. 자신을 살린 타인의 숨결을 기억하면서.

'그렇게 살아가는 것'을 반복해서 들으며 한숨을 사랑으로 다시금 뱉어내는 행위는 정확히 어떤 것을 말하는 걸까 종종 곱씹었다. 신혜림을 만나고 나서 비로소 노래가 의미하는 바가 이런 것이겠구나, 일례를 알게 된 기분이다. 숨결을 골라 사랑을 뱉어내는, '그렇게 살아가는' 아름다운 삶. 나도 하나의 예시가 되고 싶다.

인생의 필수 조건은 사랑.

200명 아이들의 엄마 임천숙

157화

집 냉장고를 스튜디오에 옮겨놓고 안에 든 재료만으로 음식을 만들어 맛을 겨루는 프로그램이 있었다. 거기 출연할 만큼 유명인도 아니건만, 우리 집 냉장고를 가져가 "냉장고를 공개합니다!" 하며 열었다간 다들 꽤나 당황했겠다 싶어 혼자 웃었다. 의식적으로 챙겨 먹는 사과와 엄마가 보내주는 김치, 두 가지밖에 안 들어 있는데 그걸로 무슨 요리를 할 수 있으려나.

거창한 스페셜 요리에 활용할 수는 없겠지만, 김치는 어른이 되고 독립을 한 뒤 나와 엄마를 이어주는 가장 튼튼한 연결고리 역할을 해왔다. 끼니마다 (김치를 먹든 안 먹든) 엄마를 한 번씩 떠올리게 하고, 한 해에 몇 번씩 배송되어 오면 "아, 힘들게 뭐 한다꼬 또 이런 걸 보내" 하며 통화 한 번 하는 구실이 되기도 한다. 밖에서 밥을 사 먹을 때 이 집 김치가 맛이 있네 없네 따지는 입맛의 기준을 만들어준 사람도 엄마다. 김치, 하면 조건반사처럼 엄마가 떠오른달까.

내가 조금 빨갛고 매콤한 엄마(?)를 마음에 담고 살아가듯, 저마다 엄마는 완전히 다른 이미지, 다른 의미로 기억되겠지. 하지만 엄마를 다른 사람과 나누는 사람이 있을 거라고는 생각해본 적도 없었다. 임천숙과 그의 딸 AOA 도화(과거에는 찬미였다)를 만나기 전까진 말이다.

마음으로 거둔 200명의 아이들

식사 도중에 손님이 찾아오면 숟가락 하나를 더 내온다. 쌀이 떨어져도 밥솥은 푸짐하게 채워놓는다. 누구라도 와서 눈치 보지 않고 퍼 먹을 수 있도록. 살림이 순식간에 동나도, 본업이 잘 안 돼도 나눔을 포기하지 않는다. 방도 나누고, 남는 방이 모자라면 안방도 내어준다.

그렇게 엄마를 다른 사람과 나눈다. 그렇게 세상 모든 아이를 내 아이처럼 품는다.

임천숙의 미용실은 이미 청소년 쉼터로 유명하다. 당장 갈 곳이 없어진 아이들에게 밥을 주고 기댈 곳이 되어주기를 벌써 약 20년. 이곳에서 한때의 방황과 고독을 이겨낸 누군가가 이제 배우자와 아이를 데리고 안부를 물으러 찾아올 만큼 기나긴 시간이다. 임천숙은 그 7000여 일 동안 마음과 시간과 물질을 대가 없이 나누는 일을 멈추지 않았다.

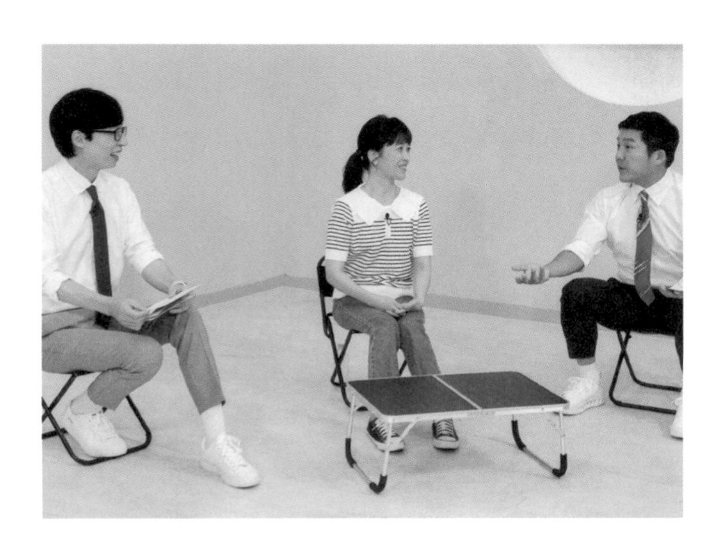

"애들을 보고 있으면 어릴 때 기억이 많이 나요. 몸도 마음도 여유가 없었죠. 그때 누군가가 제게 와서 '왜 갈 데 없이 이러고 있어? 아줌마랑 같이 갈래?' 하고 손을 내밀어줬다면 따라갔을 거예요."

결코 평탄하다고는 할 수 없던 성장환경, 어려움이 겹치는 나날에 임천숙은 누군가가 손 내밀어주기를 간절히 바라며 자랐다. 사랑받고 싶은 마음, 안전하고 싶은 마음을 누구보다 잘 아는 삶을 살았다. 그러나 비뚤어진 세상과 함께 엇나가며 세상을 향해 적의를, 적대감을 터뜨리지 않았다. 오히려 내가 어른이 되면, 적어도 아이들이 마지막 선을 넘어서지 않도록 힘이 닿는 한 도와줘야겠다고 생각했다. 단 하나의 아픔이라도 본인의 손으로 끊어주기 위해.

사람 사이를 왕복하는 사랑

임천숙의 딸인 도화 역시 엄마가 어떤 사람인지, 이미 엄마만큼 잘 아는 듯 보였다. 밥을, 방을, 엄마를, 모르는 이들과 나누는 게 싫었다던 철부지 꼬마는 어느덧 엄마의 사랑을 누구보다 잘 이해하는 어른이 되었다. 엄마에게 돈과 상황 앞에 사랑을 먼저 두는 마음을 배웠다. 그야말로 사랑의 짙은 힘을 물려받은 진짜 '금수저'다.

"몇 번을 태어나도 엄마 딸로 태어나면 행복하게 살 수 있을 것 같아요. 엄마가 재벌이든 지금 같든 지금보다 더 형편이 안 좋든 상관없어요."

나는 무심결에 '인생의 필수 조건은 사랑'이라는 말속 사랑을 '받는 사랑'이라고 생각했다. 그렇지만 사랑을 받는 일에 열심인 것과 사랑을 주는 일에 열심인 것, 그 구분은 필요 없을지도 모른다. 사랑이 거기 있다면. 그리고 그 사랑은 기분 좋게 전염될 것만 같다. 엄마에서 딸에게로. 한 사람에게서 한 사람에게로. 다시 두 사람에게서 네 사람에게로. 구미 황상동 버스 종점 앞 작은 미용실에서 한없이 큰 세상을 향해.

"몇 번을 태어나도
엄마 딸로 태어나면
행복하게 살 수
있을 것 같아요."

살면서 한 번이라도 내가 하고 싶은 일을 하자.

종이비행기 국가대표

김영준, 이승훈, 이정욱

181화

대학을 졸업하고 나서 일자리를 찾지 못하고 있을 때였다. 큰아버지께서 친구가 출판사를 하는데 그곳에서 일해보지 않겠냐고 소개를 해주셨다. 면접까지 보러 갔는데, 출판사가 아니라 책을 찍어내는 공장이라 발길을 돌린 일이 있다. 가끔 생각한다. 만약 그곳에서 일했다면 내 인생이 어떻게 바뀌었을까. 그곳이 아니더라도, 방송작가 일 대신 일반 직장에 들어갔다면? 무엇을 하든 성실히 했을 것 같긴 한데, 오래 다녔을지는 잘 모르겠다.

방송작가 일도 지인의 소개를 받아서 시작한 만큼 처음부터 엄청난 확신이나 비전이 있던 건 아니다. 그래서 이들이 너무도 신기했다. 5그램밖에 되지 않는 종이비행기에 확신을 갖고 인생 모든 것을 건 세 사람이.

종이비행기 국가대표입니다

고작해야 종이비행기일 뿐인데. 감히 의심하던 마음은 비행기가 손을 떠나 하늘을 가른 순간 사라졌다. 오렌지색 비행기는 마주 보던 제작진의 머리를 훌쩍 넘고 촬영장 뒤편까지 날아가 우아하게 착륙했다. 이어서 종이비행기 국가대표 선수들이 보여준 퍼포먼스에 촬영장에 있던 모든 사람이 진심으로 환호했다. 모두 어린아이의 마음이 되어 공연을 지켜보았다. 몰랐다, 종이비행기가 이토록 인상적일 줄은.

모든 일이 예상 밖이었다. 종이비행기 올림픽이 존재한다는 것도, 우리나라를 대표하는 선수가 있다는 것도, 그 대회에 6만 명 이상 참가한다는 것도. 사실 처음에는 특이한 취미에 빠진 청년들일 줄 알았다. 그간 〈유퀴즈〉를 통해 남의 시선을 의식하지 않고 직업을 찾은 사람

을 많이 만나왔기에 그저 자기가 좋은 일을 좇아 하는 취미처럼 임하는 사람들로 생각했다. 하지만 그들은 그 누구보다 진지했다.

나를 살게 한 삶의 지팡이

멀리 날리기 대표 김영준, 오래 날리기 대표 이정욱, 곡예비행 대표 이승훈. 종이비행기 국가대표 세 선수는 취미로 종이비행기를 날리는 아마추어가 아니었다. 그들은 종이비행기로 먹고산다. 전세계를 통틀어도 5명 정도밖에 없는 종이비행기 프로페셔널이었다. 얼핏 생각해도 힘들고 힘들지 않고의 차원을 넘어서는 문제다. 과연 종이비행기가 밥벌이가 될까. 된다면 어떻게 그게 가능했을까.

세 사람은 종이비행기 대회 컨설팅, 학교나 기업 특강, 교구 제작 등을 통해 수익을 창출한다고 했다. 있는 건 종이비행기 하나. 종잇조각으로 없는 시장을 창출해낸 것이다. 종이비행기만 손에 달랑 들려 있던 처음에 그들은 어떤 용기로 이 길을 가고자 했는가.

"인생 살면서 뭐 하나 마음대로 되는 일이 없었어요. 나는 왜 이렇게 어렵게 태어나서 어렵게 살까 생각했죠. 내 마음대로 접어서 마음 가는 방향으로 날릴 수 있는 유일한 게 종이비행기였어요. 그래서 생각했어요. 살면서 한 번이라도 내가 하고 싶은 일을 해보자. 그게 제게는 5그램밖에 나가지 않는 삶의 지팡이 아니었을까 생각합니다."

살면서 한 번쯤은 좋아하는 것을 하고 싶던 이정욱은 자신을 지탱해준 작은 지팡이를 업으로 선택했다. 두 선수에게는 1년 동안 사업을 키워볼 테니 월급을 줄 수 있을 정도가 되면 함께 일을 해보자고 제안했다.

실제로 그 제안은 얼마 지나지 않아 현실이 되었다. 항공역학에 관심이 많던 공대생 이승훈도, 좋은 퍼포먼스를 위해 움직임을 연구해온 체대생 김영준도 좋아하는 일을 향해 나아가기로 결정했다. 그들은 자신들의 애정이 담긴 일에 진지하게 매진했다. 그리고 종이비행기를 가볍게만 보던 사람들의 생각을 조금은 무겁게 만드는 데 성공했다.

바람을 가로지르는 아름다운 비행

최근에 메모장에 적은 문장이 있다. '두려움과 망설임은 나의 최고의 적이다.' 29년 만에 한국 시리즈에서 우승한 LG 트윈스 선수들이 〈유퀴즈〉에 출연했을 때 들려준 이야기다. 구단 감독인 염경엽은 선수들 눈이 닿는 곳곳에 저 문장을 써서 붙여두었다고 한다.

5그램에 인생을 거는 용기 역시 이런 마음에서 비롯하지 않았을까. 두렵고 망설여지는 순간이 많았겠지만, 불안을 이겨내고 꿈을 현실로 만들어낸 노력은 그 어떤 묘기보다 놀랍고 아름다웠다. 되는 것만 좇고, 남들이 가는 안전한 길만 따라가는 시대에 그들이 남긴 흔적은 더욱 귀하고 아름답게 느껴진다. 그들의 종이비행기가 지나간 자리가 오래도록 가슴에 남을 것 같다.

살면서 한 번이라도 배곯지 않기를.

제빵사

김쌍식

127화

어릴 때 학교 가는 걸 별로 좋아하지 않았다. 수업이 재미없고 공부가 하기 싫었다기보다는, 시시하게 들릴지 몰라도 식은 도시락을 먹는 게 너무나 싫었다. 고등학교 때는 야간 자율 학습이 있으니 다 식을 도시락을 두 개씩이나 들고 다녔다. 사실 나보다는 엄마가 더 고생이었다. 연년생 언니 것까지 매일 도시락을 네 개나 쌌으니까.

그날도 자율 학습 시간 전에 저녁을 먹으려고 친구들과 모여 도시락을 열었는데, 밥통이 비어 있었다. 엄마가 반찬통은 채우고 밥은 깜박한 모양이었다. 지금 생각하면 별일도 아니고, 오히려 얼마나 정신이 없었으면 그랬을까 싶어 마음이 안 좋은데……. 당시 극도로 소심한 성격이던 나는 친구들 앞에서 당황스러운 상황에 처한 것이 부끄러웠다.

누가 볼세라 얼른 뚜껑을 닫고 엄마한테 전화를 걸어 펑펑 울었다. 고등학생이나 되어서 철도 없지. 놀란 엄마가 한달음에 밥에 과일까지 싸서 학교로 찾아왔는데, 퉁명스럽게 받아들고 홱 돌아섰던 게 지금도 부끄럽고 죄송스럽다.

어릴 때는 왜 그런 게 창피했는지 모르겠다. 특히 음식과 관련해서는 아무리 실수여도 내가 못 먹는 모습을 보이는 것, 변변찮은 반찬을 가져온 것이 그렇게 서럽고 부끄러웠다.

빵식이 아저씨의 하루

초등학교 등교 시간이 되면 아이들이 '행복 베이커리'로 모여든다. 그리고 앞에 놓인 빵과 음료수를 자연스럽게 가방에 넣고 사라진다. 돈은 내지 않는다. 사장님은 아무렇지 않게 "아들, 딸, 잘 다녀와" 하고 인사하며 아이들을 배웅한다. 얼핏 자녀를 배웅하는 아버지처럼 보이지만 그는 1년 6개월째 등굣길에 빵을 무료로 나눠주고 있는 빵식이 아저씨, 김쌍식이다.

제작진이 해남에 찾아가 담아온 그의 일상은 정말 놀라웠다. 새벽 5시 반에 가게를 열고 아이들에게 줄 빵을 만든 후 장사 준비를 따로 한다. 7시 40분쯤 등교를 시작하는 아이들을 반갑게 맞이하고 배웅한다. 그리고 이어지는 본업. 이 와중에 한 달에 한 번, 20년간 지원해온 단체에 빵을 보낼 준비도 해야 한다. 그 단체만 해도

여덟 곳이다. 분주하던 일과가 끝나면, 본인에게 통닭에 맥주 한잔을 상으로 주고 하루를 마무리한다.

촬영 날에도 가게 문은 닫았지만 새벽 3시에 일어나 아이들에게 줄 빵을 만들고 왔다는 그. 장사는 하루 안 해도 아이들에게 나누는 일은 쉴 수 없다고 했다. 주변에서 '사장님도 먹고살아야지요'라는 말이 나올 만한 상황이다.

누구도 배곯지 않기를

어떻게 나눔을 실천하게 되셨느냐는 질문에 김쌍식은 불쑥 어릴 적 이야기를 했다. 초등학교 때 잘살던 집이 하루아침에 망하고 쉰 보리밥을 씻어 먹을 정도로 가난하게 살았다고 했다. 사장님이 다 큰 이후에도 어머니께서 '그때 잘 먹였으면 키가 조금이라도 더 크지 않았을까?' 하며 미안해했을 정도로 그는 누구보다 어린 시절의 배곯음이 주는 슬픔을 잘 아는 사람이었다. 그래서일까. 그는 먹을 것 만드는 일을 직업으로 선택했고 빵을 만들기 시작한 첫날부터 나눔을 결심했다.

"밥 못 먹는 애들이 생각보다 많습니다. 날마다 보면 꾸준하게 오는 아이들이 스무 명에서 서른 명 정도 있어요. 우리 아들이고 딸이다 생각해요."

아침마다 만나는 어린 학생들이 그에게는 어린 시절의 자신의 모습처럼 보였으리라. 그러므로 그 아이들이 배곯지 않기를, 도움을 받으며 눈치 보지 않기를 누구보다 바라는 것이다. 사장님은 빵을 들고 가는 아이들의 뒷모습을 바라보며 그날 하루 선생님 말씀 잘 듣고, 잘 먹고, 신나게 잘 놀고, 하루를 행복하게 보내라고 외쳤다. 나는 배고팠지만 너는 그러지 않기를 간절히 바라면서. 그는 그렇게 오늘을 살고 있는 과거의 김쌍식에게 하루도 빠짐없이 빵을 건네고 있었다.

"시공간을 초월해 빵을 배달할 수 있다면 옛날에 못 먹고 못 살 때 우리 가족한테 주고 싶습니다. 모든 빵을 종류별로 하나씩 담아서, 걱정 없이 떠들고 웃으며 마음껏 나눠 먹고 싶습니다. 그건 남한테 양보 안 할 것 같아요. 우리 가족이 맛있게 먹겠습니다."

모두가 함께 배부른 삶을 꿈꾸는 사람. 옛날 배곯던 가족에게 나눠주고 싶은 빵 정도만 남기면 그저 족한 사람. 여유 없는 세상에서 자신의 것을 기꺼이 나누는 그의 마음이 얼마나 귀할지 생각했다.

〈유퀴즈〉 출연 전인 2021년 LG 의인상을 받은 그가, 지난여름 초록우산 어린이재단에서 수상하는 '어린이가 뽑은 최고의 어른이상'을 받았다는 기사를 읽었다. 같은 해 겨울에는 행복 베이커리가 '2023년 우리동네 선한가게'로 선정됐다는 기쁜 소식도 들었다.

도시락 하나로 엄마에게 마구 투정을 부린 어릴 적 나는 지금 어떤 어른이가 된 걸까. 현명하고 지혜롭고 너그러운 어른이 되고 싶었다. 나이가 들면 자연스레 그렇게 될 줄 알았는데……. 그와 나를 나란히 두고 보니 새삼스레 또 부끄러운 마음이 밀려왔다. 누군가에게 힘이 되어주는 어른은 된 것 같은데, '최고의 어른이'에는 한참 못 미치는 듯하다.

그가 앞으로 더 많은 상을 받으면 좋겠다. 그래서 더 많은 이들이 그를 알아주면 좋겠고, 내게도 계속 그의 이야기가 들려오면 좋겠다. 마음이 해이해질 때마다 더 좋은 어른이 되리라 그와 함께 다짐할 수 있도록 말이다. 물질을 덜어내어 마음을 채우는 그의 삶이 앞으로 더욱 풍요로워지길 응원한다.

단 한 순간도 물러선 적이 없었다.

공중진화대

라상훈

149화

나는 비 오는 날을 좋아한다. 정확하게 말하자면 비 그친 직후의 날씨를 좋아하는 것이지만. 온통 시커멓던 하늘이 멀리서부터 밝아오면 왠지 모를 해방감이 느껴지기도 하고, 축축한 공기가 피부에 맞닿는 감촉도 상쾌하다. 말갛게 갠 하늘 아래 서서 깨끗한 공기를 크게 들이마시면 마음까지 맑아지는 기분이다. 세상을 뽀득뽀득 닦은 듯 모든 게 선명히 보이는 순간을 기다리는 나로서는 내리는 비도 달갑기만 하다.

비 오는 날을 많이들 싫어한다지만 그래도 모두 비를

기다리는 순간이 있다. 오랜 가뭄 끝에 찾아온 단비, 무더위를 한풀 꺾어줄 여름비, 미세먼지를 가라앉혀줄 시원한 비가 얼마나 좋은가. 2022년 3월에도 화마와 싸우며 그 누구보다 비를 간절히 기다리는 이가 있었다.

세상에서 제일 외로운 사투

지난 2022년 경상북도 울진에서 시작되어 강원도 삼척까지 확산된 동해안 산불은 역대 최장기간, 최대 피해를 발생시켰다. 국가 위기 경보 심각 단계를 발령할 정도로 위급했던 화재를 진압하기 위해 산림청 공중진화대 소속 라상훈은 산불의 최전선에 뛰어들었다.

화재 진압 시 소방관이 출동한다는 것은 알아도 공중진화대는 어딘지 낯선 이름이다. 전국에 단 104명뿐이라는 공중진화대의 주요 업무는 산불 진화다. 소방관이 산을 기준으로 아래쪽에 있는 민가와 건물, 일반 화재를 담당한다면 공중진화대는 산불 자체를 담당한다. 어디인지 정확히 알 수조차 없는 산불의 시작점을 찾기 위해 공중 40미터에서 불씨 가득한 산으로 뛰어내리는 업무가 그들의 일이다.

그의 일은 지금까지 만나온 어떤 직업보다 위험하고 외로워 보였다. 1000도에 가까운 고열, 여름에는 여름대로 겨울에는 겨울대로 견디기 힘든 날씨, 마지막 남은 불씨 하나까지도 제거해야 하는 어려움, 바깥 상황을 모른 채 고립되어 무한 반복해야 하는 진화 작업까지. 외로운 사투라는 말이 이렇게나 적합한 직업이 또 있을까 싶었다. 작업을 하며 아무도 알아주지 않더라도, 고생스럽고 외롭더라도 임무를 해내야 한다고 스스로 얼마나 되뇌었을는지.

당신에게 전하는 감사 인사

활활 타오르는 불길 하나만 보고 나아가는 고독한 싸움이지만, 라상훈은 2022년 예기치 못한 격려를 받았다고 했다. 진화대가 울진에 도착한 첫날 일이다. 원전 인근의 민가가 불타는 위급한 상황이었는데, 1차 투입 소방대의 인원과 장비로는 민가를 다 커버할 수 없었다. 공중진화대는 원칙적으로 화재의 원인이 되는 산불을 진압하러 가는 것이 맞지만 그는 주저 없이 민가에 먼저 뛰어들었다. 눈앞에서 꺼져가는 생명을 뒤로할 수 없었기 때문이다.

당연하다고 생각한 그의 결단은 주민들의 감사 인사로 이어졌다. 격리된 곳에서 외로운 사투를 벌이던 라상훈은 처음으로 누군가에게 감사의 마음을 전달받았다. 외로운 사명감이 위로를 받은 듯한 느낌이었다.

"말없이 알아만 주셔도 되는데, 격려해주시고 고맙다고 인사까지 해주시니…… 내가 참 직업을 잘 선택했구나 하는 생각이 들었습니다."

라상훈은 주민들이 건넨 격려를 떠올리며 울먹거렸다. 그의 모습을 지켜보며 우리의 작은 인사가 누군가에게 얼마나 힘이 될지 작게나마 가늠할 수 있었다. 생각해보면 나만 해도 그렇다. 열심히 구상한 프로그램의 반응이 시원찮으면 내내 마음이 힘들다. 전력을 다하지 못했다는 아쉬움에 몇 날 며칠을 끙끙 앓기도 한다. 하지만 재밌다는 댓글이 딱 한 줄만 보여도 그 말에 위로를 얻고 다시 힘을 낸다. 말 한마디가 가진 힘이 어찌나 크고 대단한지.

우리의 일상을 지키기 위해 희생하고 봉사하는 고마운 이들. 재난이 일어났을 때 위기를 제압하기 위해 두려움마저 잊는 분들. 미처 자각하지 못했겠지만, 우리는 그들의 외로운 사투에 매일 수많은 빚을 지고 있다. 진심을 담은 짧은 인사는 제법 커다란 힘을 지니고 있다. 그러니 마음껏 감사를 전해보는 건 어떨까. 오늘도 보이지 않는 곳에서 맡은 바를 다하고 있을 사람들에게 고마운 마음을 듬뿍 담아 인사를!

단 한 순간도 당신을 잊은 적이 없었다.

백석대 경찰학부 교수

이건수

142화

가족은 뿌리이자 둥지다. 누구나 가족 안에서 태어나 만나고, 가족 안에서 부둥켜 살아가고, 가족과 함께 울고 웃고 싸우고 화해하고 상처 주고 위로받고 부딪히고 어우러지며 삶의 의미를 체득한다. 그 삶이란 서로 어깨 겯고 걷는 이인삼각과 닮은 듯하다. 한쪽이 넘어지거나 쓰러지면 다른 한쪽은 버텨야 하니까. 버티지 못하면 다 쓰러지고 마니까.

알아차리지 못하고 지내는 사이, 이 땅에서 많은 이가 사라지고 있었다. 심지어 날마다 수십 명씩. 실종 기간

1년이 넘으면 '장기 실종'으로 분류된다는데 이 숫자는 누적되기 마련이라 계속 늘어간다. 얼추 계산해봐도 열 집 건너 한 집이 실종자 가족……. 한쪽을 잃어 쓰러지고 무너진 가족이 늘고만 있다는 말이다.

동정심同情心, 같은 마음을 느끼다

이따금 거리에서 잃어버린 누군가를 찾아달라는 메시지가 담긴 현수막이나 벽보를 본다. 모르는 이름 세 글자, 바랜 사진 한 장, 잘 모르는 동네 이름. 잠시 눈여겨보며 안타깝게 여기다가도 바쁜 걸음에 쫓기듯 사연을 지나치고 만다.

이건수만은 실종 사건을 기록하고 기억하고 쫓아왔다. 때로 추적 단서가 이름 하나뿐일 때도 있었다. "좀 무모해야 됩니다. 머리로 생각하고 나가면 못 나가거든요"라는 본인의 말 그대로 전국을 돌아다녔다. 동명이인이 많으면 무작정 편지를 보냈다. 일주일에 4000통씩 편지를 보낸 적도 있다. 길게는 한 사건에 4, 5년씩 걸렸다. 매 사건에 어찌나 전념했는지 '가장 많은 실종 가족을 찾아준 인물'로 기네스북에 등재까지 됐을 정도다. 그는 무엇 때문에 그토록 끈질겼을까. 단순히 '직업적 소명 의식'이었을까.

"아이를 잃은 부모는 대부분 그 시점에 머물러 있어요. 50년이 되든, 60년이 되든, 늘 그때에 머물러서 아이를 그리워하고 바라보는 게 마음이 아프죠."

마음이 아프다는 말을 꺼내놓는 그의 눈에 순수한 슬픔이 드러났다. 아이를 잃어버린 부모의 슬픔을 고스란히 느끼는 순수한 동정심. '동정', 그러니까 그는 부모들과 '같은 마음'이었다. 자신이 살아있는 한 아이를 찾겠다는 부모의 마음을 고스란히 함께 느끼기에 포기할 수 없던 것이다. 슬프게도 생은 빠르고 현실은 메말라 있기에, 망각은 편리하고 외면은 간편하기에, 기억하려는 사람은 외롭다. 사람들은 대부분 과거를, 상처를, 슬픔을 잊고 일상을 살아간다. 실종자 가족과 이건수처럼 기억하는 쪽은 더욱 외로워진다. 그들의 시간은, 아무것도 지우지 못한 채 그대로 멈춰 있기 때문이다.

누구도 외롭지 않은 세상을 꿈꾸며

"함께 아파하면, 반드시 찾을 수 있다." 이건수가 경찰청 재직 당시 만든 슬로건이다. 남몰래 한때 내가 슬퍼한 일, 눈물 흘린 과거, 사라져간 사람들을 떠올려보았다. 삶을 살아간다는 핑계로 오래도록 기억 속에 묻어둔 채 지냈다. 혹 나의 망각 때문에 그들이 더 외롭지는 않았을지. 나는 과연 얼마나 함께 아파했는지.

〈유퀴즈〉 때문에 참 부끄러워질 때가 많았다. 모두 공평하게 부여받은 하루 24시간을 나와 전혀 다른 리듬으로, '나만을 위해'가 아니라 '우리를 위해' 보낸 사람들을 자꾸 만났기 때문이다. 이건수 교수 같은 분을 만나고 온 날은 더욱 부끄러웠다. 타인을 위한 배려와 희생, 그걸 지속하는 노력과 끈기는 경외할 경지였다. 태생이 겁쟁이인지라 갑자기 나도 그런 삶을 살겠다면서 인생의 사이클을 뒤엎을 용기는 없다. 다만 조금이나마 내 몫을 나누고, 몇 번쯤은 남을 위해 애쓰려 해보게 된다. 세상은 십시일반의 힘이 한 겹씩 쌓여 좋은 방향으로 조금씩 전환되는 거라 믿으며. 저마다 자기 가족 안에서, 누구도 외롭지 않은 세상이 찾아오면 좋겠다.

〈유퀴즈〉 공통 질문 베스트

• 154화

나를 주인공으로 소설을 쓴다면
첫 문장은?

• 92화

경험하지 못한 감각 중 꼭
느껴보고 싶은 감각이 있다면?

• 109화

포기하고 싶던 순간
나를 일으킨 한마디는?

• 22화

'요즘의 나'를
다섯 글자로 표현하면?

• 109화

끝이 있어 아름다운 것이
있다면 무엇일까?

• 18화

어떤 어른이 되고 싶었는지?
어떤 어른이 된 것 같은지?

• 89화

영화 대사 중
내 인생 구절은?

• 89화

어떤 질문이든 답을 알려주는
사전이 있다면 묻고 싶은 것은?

• 120화

신께 내가 가진 것을 하나 주고
원하는 재능 하나를 받을 수 있다면
무엇을 맞바꿀 것인가?

• 110화

내가 주인공인 영화에서 삶의
마지막 장면을 연출해본다면?

• 93화

살면서 들은 말 중
가장 진심이 느껴진 말은?

• 23화

몹시 기다려지는
일이 있는지?

시력은 잃었지만 마음의 눈을 얻었다.

판사 김동현

104화

갑작스러운 사고로 수술대에 오른 청년은 그날 이후 앞을 보지 못했다. 그렇게 하루아침에 시력을 잃었다. 열심히 걸어오던 법학도로서의 인생도 잃고 절망했다. 대한민국 두 번째 시각장애인 판사인 수원지법 판사 김동현의 이야기다. 갑자기 장애를 얻고 무너진 청년과 대한민국 판사 사이에 존재하는 간극은 언뜻 제법 크게 느껴진다. 그는 절망에 빠진 자신을 어떻게 일으켜 세웠을까.

스스로 무너지고 일어나는 법

수술 후 혼자 밥을 먹기도 쉽지 않은 상황, 낯선 어둠을 받아들이기 쉬울 리가 없다. 그는 휴학을 선택하고 가지고 있던 것을 모두 내려놓는다. 그때까지 살아온 김동현의 삶이 아닌, 막 시력을 잃은 시각장애인의 절망을 산다.

그때 그의 인생을 바꾼 제안이 들어왔다. 한 달 동안 3000배 기도를 다녀오라는 이야기였다. 하루에 100배만 드릴 생각으로 떠났지만, 새벽부터 밤 10시 반까지 하루 3000배를 올렸다. 그렇게 스스로 무너지고 일으켜 세우기를 반복했다. 9만 번. 9만 번을 쓰러졌다 일어서니 그는 조금 달라져 있었다.

"기도를 끝내니 스님께서 '이제 육신의 눈은 뜨지 못했지만 마음의 눈은 떴다'라고 말씀하셨어요. 그게 저에게 큰 힘이 됐어요. 눈을 뜬 것과 다름없는 기적이 생겼어요. 시각은 없어졌지만, 다른 것을 통해서 세상을 느끼고 교감할 수 있다는 사실을 받아들였죠."

마음의 눈으로 본 새로운 삶

9만 배를 올리고 학교로 돌아갔다. 앞이 보이지 않는 김동현으로 다시 시작했다. 어머니나 친구의 도움 없이는 무엇 하나 쉽지 않았다. 시각장애인을 위한 전공 서적이 없어 직접 점자책을 만들기도 했고, 친구들이 타이핑해준 수업 내용을 음성으로 변환해 공부했다. 그런데 그는 복학하고 처음으로 최우등상을 받았다.

"예전에는 남들보다 잘해야 한다는 생각에 동동거렸어요. 그 생각이 사라지니 다른 사람과 비교해서 몇 등인지는 중요하지 않게 되었죠. 그 덕에 오히려 편한 마음으로 공부에 집중할 수 있었어요."

육신의 눈으로 보았을 때 그는 쌓아온 것을 잃은 사람이었다. 하지만 마음의 눈을 뜨자 새로운 삶이 열렸다. 다정한 사람들이 그의 앞에 나타났고, 호의에 빚지고 그 마음에 대갚음하며 지금의 자리에 도착했다. 김동현은 자신이 국내 첫 시각장애인 판사를 보고 길을 따라 걸은 것처럼, 비슷한 상황에 있는 이들에게 스스로의 모습이 용기가 되길 바랐다. 하고 싶은 게 있다면 두려워 말고 도전해보라고, 시도도 전에 포기하지 말라고 힘주어 말했다.

판사로서 그가 꼽는 헌법의 핵심 조항은 '모든 사람에겐 행복을 추구할 권리가 있고, 국가는 그를 보장해야 한다'라는 내용이 담긴 제10조. 그는 그 조항처럼 행복을 추구하며 살고 있다. 다른 사람에게 보이는 행복이 아니라, 오직 자신만의 행복을 향해 나아가는 삶. 그가 걸어가는 오늘의 궤적이 궁금하고, 내일의 삶을 응원하고 싶어지는 까닭일 테다.

김동현을 포함해, 그간 <유퀴즈>에 나온 법조인 모두가 헌법의 가치를 논하며 대한민국 헌법 제10조를 앞세웠다. 조항의 정확한 내용은 아래와 같다.

1. 모든 국민은 인간으로서의 존엄과 가치를 가지며, 행복을 추구할 권리를 가진다.

2. 국가는 개인이 가지는 불가침의 기본적 인권을 확인하고 이를 보장할 의무를 진다.

모두에게 행복을 추구할 권리가 있다고 헌법 조항에까지 적혀 있지만 바쁜 삶을 살다 보면 행복은 뒷전일 때가 많다. 내가 추구하는 행복은 무엇일까. 내가 최근에 행복했던 적이 있던가. 곰곰 생각해보니 사실 행복은 그리 거창하지 않았다. 크게 기쁜 일도 크게 나쁜 일도 없는 평범한 일상. 깔끔하게 정돈된 집에서 책을 읽고 음악을 듣고 텔레비전을 보는 일. 그것이 내가 느끼는 행복이었다. 모두에게는 각자 추구하는 행복이 있을 터. 당신도 당신만의 행복을 좇아 하루하루를 살아내길 응원한다.

보오병은 잃었지만 황홀함을 얻었다.

탐조 전문가
김어진

151화

길리 슈트ghillie suit를 입고 땅바닥에 엎드리는 한 남자. 그 위로 뿌려지는 견과류. 사람의 흔적을 지우자 잠시 후 몸 위로 작은 새들이 날아들고, 그 모습은 카메라에 고스란히 기록된다. 자신을 감춰야 비로소 만날 수 있는 작은 동물의 세계에 빠져 20년 가까이 그들을 찾아다니는 김어진을 만났다.

열한 살에 본 독수리의 거대한 크기에 매료되어 탐조 활동을 시작했다는 김어진은 곁에 있지만 잘 알지 못하는 새의 세계에 관해 들려주었다. 당시 촬영장인 석촌

호수 근처에서 볼 수 있는 논병아리와 직박구리, 뱁새로 잘못 알고 있던 붉은머리오목눈이, 아름다운 날개를 가진 따오기까지. 그 세계는 자세히 들여다볼수록 아름다운 곳이었다.

황홀함은 쉬이 오지 않는다

위장 텐트에 들어가거나 길리 슈트를 입고 새를 관찰하는 일은 쉽지 않다. 여름에는 찜통에, 겨울에는 냉장고에 들어가는 것과 같다. 탐조 경력만 20년에 달하는 그에게도 수많은 난관이 있었다. 어느 겨울, 기러기 무리를 관찰하러 파주 출판단지에 갔을 때의 에피소드는 특히 인상적이었다.

겨울잠 자는 기러기를 보기 위해서 오후 2시부터 다음 날 아침까지 잠복 계획을 세웠다. 철저히 준비했다 생각했건만 살갗을 에는 추위는 예상을 뛰어넘을 정도로 지독했다. 더 결정적인 것은 미처 대비하지 못한 화장실 문제였다. 이대로 탐조를 포기하고 철수할지 고민했지만, 가지고 있던 보온병을 희생시키는 쪽을 택했다. 그렇게 참고 견디며 기다린 끝에 동트는 새벽녘에 잠에

서 깨어나 세수하고 먹이를 찾아 떠나는 기러기 무리를 두 눈에 담을 수 있었다. 카메라 셔터를 누른 순간, 그는 황홀함을 느꼈다고 했다. 존중하는 마음으로 기다린 자만 볼 수 있는 기러기의 비상. 그야말로 눈부시도록 아름다운 광경이었을 것이다.

아름다움을 기다리는 자세

물론 나는 해 뜰 무렵 마법처럼 비상하는 기러기 무리를 만나보지 못했지만, 못지않게 아름다운 것은 차마 볼 일을 보러 나가지도 못할 정도로 숨죽여 기다린 그 마음이 아닐까 싶었다. 설령 보지 못하더라도 자연의 삶에 방해가 되지 않도록 조심하는 마음. 더 나아가 보금자리를 잃은 동물에게 조금이라도 인간의 자리를 내어주고자 하는 움직임. 그것이 아마 그가 탐조 활동을 하고 야생동물의 삶을 기록하는 목적 아닐까.

그는 새뿐만 아니라 우리가 볼 수 없는 곳에 존재하는 수많은 야생동물을 조심스러운 마음으로 하나하나 담아왔다. 포유류, 양서류, 조류 등 인간의 눈을 피해 생존해온 동물들이 그의 카메라로 다가왔다. 야생동물은 인간이 내어준 자리에 기꺼이 들어왔다.

"새를 보러 다니다 보면 울적해질 때가 많아요. 환경이 정말 빠르게 변하고 있거든요. 가까이에서 만난 적 없는 존재이다 보니 관심받지 못한 채로 사라져버리는 경우가 너무 많아요."

공존을 위하여

낯선 자연의 세계는 황홀감을 안겨주지만 숨죽여 들

여다보면 가슴 아픈 광경이 보인다. 인간 때문에 자리를 잃은 동물들, 인간조차 살기 힘들 정도로 빠르게 파괴되는 자연은 황홀하지만은 않다.

그동안 보지 않으려 미뤄왔다면 이제는 현실을 마주해야 한다. 같은 공간에서 숨죽여 살아온 생명을 위해, 함께 살아가는 자연이라는 공간을 위해 김어진이 한 것처럼 인간의 존재감을 덜어내야 한다. 그래야 기러기의 비상 같은 자연의 황홀감을 하루라도 더 만끽할 수 있지 않을까.

인생은 생각보다 정직하다. 마치 고기처럼.

바비큐 식당 대표
유용욱

136화

노라 에프론의 영화 〈줄리&줄리아〉(2009)는 요리를 매개로 시공간을 초월하여 연결되는 두 여자의 이야기를 담아낸다. 실존 인물이기도 한 전설적인 요리 연구가 '줄리아 차일드'와 요리 블로거 '줄리'는 요리를 하며 새로운 꿈을 꾸고 삶의 방향을 찾아간다. 꿈을 향해 나아가는 두 사람의 순수한 열정을 지켜보노라면 덩달아 절로 용기가 샘솟는 기분이다.

줄리아 차일드가 프랑스 요리를 미국에 보편화한 셰프라 평가받는 만큼 영화에는 참 다양한 프랑스 요리가 등장한다. 그중 제일 눈길을 사로잡는 건 프랑스식 소고기 요리 '뵈프 부르기뇽'이지 싶다. 뵈프 부르기뇽은 소고기와 각종 채소, 허브를 와인에 넣고 아주 오랜 시간 끓여 만드는 요리다. 각종 재료를 천천히 가열하며 맛을 극한까지 끌어 올리기에 '소고기를 가장 맛있게 요리하는 방법'이라는 설명이 붙을 정도다. 다만 요리 시간이 어찌나 긴지, 영화에서는 줄리가 요리 도중 깜박 잠이 들었다가 냄비를 홀랑 태워 먹는 장면이 나오기도 한다. 언젠가 이 요리에 도전해볼까 싶어 레시피를 찾아봤는데, 레시피마다 들어가는 재료도 다르고 방

법도 조금씩 달랐지만 아주 오랜 시간, 천천히 가열해야 한다는 점만은 동일했다.

요리는 참 정직한 행위다. 근사한 한 그릇을 얻기 위해서는 최소 몇 가지의 재료를 공수하고, 서로 다른 방법으로 손질하고, 일정한 단계와 순서에 따라 가열해야 한다. 깊은 맛을 위해서는 미묘하게 다른 조미료(진간장과 국간장과 양조간장처럼)도 적절히 활용해야 한다. 계량이 생명이라는 베이킹은 더 심각하다. 단 몇 그램, 몇 밀리리터의 차이가 결과물을 판이하게 바꿀 수도 있으니.

바비큐에 진심인 사람

〈유퀴즈〉 촬영장에는 너무도 당연하게 토크 게스트가 제일 늦게 도착한다. 촬영장 세팅을 위해 제작진이 제일 먼저 촬영장에 가고, 이후 녹화 준비를 마친 MC가 들어온다. 그날 촬영분에 관해 간단히 미팅을 진행하고 나서 녹화 준비가 완벽히 끝난 이후에야 게스트가 도착하는 것이 일반적인 루틴이다.

유용욱은 촬영 몇 시간 전, 제작진만 모여 분주하던 현장에 그 어떤 게스트보다 일찍 도착했다. 그 자리에서 바비큐를 만들기 위해서였다. 미리 만들어둔 것을 가져와도 됐을 텐데 그는 현장에서 요리하기를 고집했다. 맛이 다르다는 이유 때문이었다. 바비큐에 푹 빠져 퇴사하고 '유용욱바베큐연구소'라는 식당까지 차린 이다운 행보였다.

자신을 셰프가 아닌 소장이라고 불러달라던 그는 정말 연구원처럼 몇 시간에 걸쳐 바비큐 상태를 체크하고 또 체크했다. 오랜 시간 고기 앞에 머물고 난 후에야 촬영이 시작되었다. 그날 그의 눈이 빨갛게 충혈된 이유를 알 것 같았다.

모여 먹는 것만큼 즐거운 일이 또 있을까

식당을 열기 전, 그는 식품 회사 브랜드 마케팅 사업부에서 일했다. 식품 회사일 뿐 직접 제품을 만드는 데 관여하는 자리는 아니었다. 하지만 요리를 만들고 누군가와 나누어 먹는 일은 그에게 익숙했다.

어릴 적, 공장에서 일하던 아버지가 퇴근하면 집 앞마당에서 가족들과, 가끔은 아버지의 직장 동료들과 삼삼오오 모여 함께 고기를 구워 먹었다. 유용욱에게는 그 기억이 행복하게 남아 있었다. 그래서 회사를 다니는 동안에도 가족과 함께 텃밭 농사를 지으며 주말마다 친구와 지인을 불러 함께 식사했다.

바비큐 마스터의 시작

매주 식사 자리가 반복되다 보니 손님이 늘었다. 평상시와 조금 다른 메뉴를 내어볼까 고민하다가 시도한 메뉴가 바비큐였다. 한 번에 성공하기 쉽지 않은 데다 시간과 품이 많이 드는 메뉴다. 그는 바비큐 만들기를 시도하고 또 시도했다.

평일에는 곁들여 먹을 메뉴를 생각하고 소스를 만들었다. 금요일 오후면 텃밭으로 퇴근해 주말 내내 바비큐를 요리했다. 모든 시간이 바비큐로 점철되어갔지만

힘들지 않았다. 요리는 그의 어린 시절이자, 가족과의 추억이자, 여가 활동이었다. 돈도 받지 않았고 그땐 식당을 열 생각도 없었지만, 즐기는 마음에서 정말 진심을 다한 것이다. 무려 6년이라는 시간을.

퇴사를 결정하고 식당을 연 순간 난리가 나지 않으면 이상할 일이었다. 그의 바비큐가 혜성처럼 등장했다고 생각했으나, 그것은 아주 오랜 시간의 결과물이었다. 유용욱의 바비큐는 6년 전, 아니 어린 시절 앞마당에서 고기를 구워 먹던 바로 그때부터 시작되었다.

"고기는 정직해요. 숙성하고 조리하는 과정에 공을 들이고, 시간을 오래 들여서 요리할수록 맛있는 결과물이 나옵니다. 노력한 만큼 맛을 돌려주는 매력이 있어요."

연말 파티를 대비해 간단하게 비슷한 맛을 낼 수 있는 레시피가 있을지 묻자 유용욱은 집에서도 비슷한 맛을 낼 수 있는 방법을 알려주었다.

장장 6시간이 걸리는 요리법이었다. 비슷하게 따라만

하는데도 6시간. 22시간 걸리는 과정을 줄여봤자 6시간이었다. 고기는 정직하므로, 결과물은 투여한 시간에 비례하므로 꼼수는 통하지 않는다.

딱히 아쉬워하거나 서운해할 일은 아니다. 공들인 만큼 근사해지는 것이 어디 바비큐뿐일까. 보름달을 날마다 볼 수 없듯이 삶에는 인내와 축적의 시간이 필수인 일이 더 많은 것 같다. 별것 아닌 노력으로 근사한 성과를 손에 넣을 수 있는 일은, 이 세상에는 없다.

홈메이드
바비큐 레시피

1 시중에 파는 찜용 소갈비를 준비한다.

2 시중에 파는 소갈비 양념도 한 병 준비한다.

3 지퍼 백에 고기와 양념을 함께 넣은 뒤 밀봉하여 압력 밥솥에 넣는다.

4 밥솥에 끓는 물을 부어 보온 상태로 4시간을 기다린다.

5 고기를 꺼내 에어프라이어에 넣고 150도에서 90분 정도 조리한다.

6 90분 동안 중간중간 바비큐 소스를 덧칠해주며 완성한다.

2022년 8월 29일 경상북도 봉화의 한 광산에서 매몰사고가 일어난다. 작업하던 광부 10명 중 2명이 매몰되었고, 1명은 발목 부상을 입고 탈출하였으나 다른 1명은 사고 6시간 뒤 사망한 채로 발견되었다. 1차 사고가 발생한 지 채 두 달이 지나지 않은 10월 26일 오후 6시, 두 번째 매몰사고가 일어났다. 지하 190미터 지점에서 작업하던 광부 2명이 매몰되었다. 난항을 겪던 구조 작업은 열흘 만에 기적을 맞이한다. 사고 발생 221시간 만에 두 광부를 무사히 구조한 것이다.

국민에게 기적 같은 생환을 보여준 광부 박정하. 트라우마 문제를 제외한 신체적 충격은 거의 회복했다는 그는 다행히도 건강해 보였다. 아주 조심스럽게 암흑 속에서의 시간에 대해 물었다.

그날의 기억

오후 5시 38분, 붕괴가 시작되며 엄청난 양의 암석과 폐기물이 2시간 동안 쏟아져 내렸다. 잠잠해진 후 확인해보니 입구가 막혀 들어온 방향으로는 나갈 수 없었다. 옆에 있던 동료는 입사 나흘 차. 박정하는 생존을 위한 최소한의 환경을 만들기 위해 갱도 안에 있던 것을 전부 이용한다.

고립 첫날, 두 사람은 비닐을 모아 체온 보존을 위한 움막을 만들었다. 갱 내부 판장을 조각내 땔감도 준비했다. 이튿날부터는 예상되는 구조 루트를 향해 굴을 파기 시작했다. 하지만 10미터가량을 파고 보니 그쪽도 붕괴된 상황. 하염없는 기다림과의 싸움이 시작되었다.

두 사람이 가진 식량이라고는 믹스커피 삼십여 개가 전부였다. 그마저도 나흘째에 동이 났다. 다행히 천장에

서 물이 떨어졌다. 금속 성분 때문에 냄새가 심하게 났지만 다른 선택지는 없었다. 그렇게 닷새, 엿새, 이레, 여드레…… 지난 나흘보다 더 긴 나흘이 흘러갔다. 구조 작업이 진행되는 소리는 점점 멀어지고, 땔감도 헤드랜턴 배터리도 닳아 사라졌다. 희망을 놓자 한순간에 공포와 두려움이 몰려왔다.

"후배 친구가 겁을 낼 때면 제가 농담을 하며 안정시켜줬어요. 그 친구가 있었기 때문에 그 시간까지 버틸 수 있었거든요."

배터리와 장작이 바닥나고 완전한 암흑에서 2시간 정도 있었을까. 발파음이 가까이에서 들리기 시작했다. 두 사람은 안전모를 쓰고 기다렸다. 손을 잡고 발파에 대비해 뒷걸음질 치는 순간 '발파!' 하는 소리와 함께 불빛이 보였다. 그는 그 자리에 주저앉아 자신을 구하러 들어온 동료와 부둥켜안고 울었다. 그렇게 사고 열흘 만에 본인의 두 다리로 걸어 나왔다.

"광부들은 동료애가 굉장히 강해요. 그때도 동료들을 믿었죠. 광산 구조는 광산쟁이들밖에 못 하거든요."

깜깜한 곳에서도 맞잡을 손이 있다면

갱도 밖으로 나오는 순간 긴장이 확 풀렸다는 그는 "뭔 일이 있었기에 사람이 이렇게 많이 모였지?" 하고 모인 이들의 긴장을 풀어주려 농담을 던졌다. 그만큼 많은 이들이 두 사람의 생환을 기도하며 221시간 동안 함께하고 있었다.

가족, 동료 광부를 포함한 전 국민이 두 사람이 살아 돌아오길 기도했다. 지하 190미터 암흑 속에서 보이지도 들리지도 않았지만, 사람들은 이미 그들의 인생에 들어와 북적이고 있었다. 그 염원은 박정하가 무너져가는 동료를 챙기며 '함께 살아야 한다'라고 느낀 감정과 비슷하리라.

때로 삶을 누군가와 함께 살아가고 있다는 사실을 망각하는 것 같다. 그가 말했듯 혼자 살아남기는, 혼자 살아가기는 힘들다. 하지만 둘은 의지가 된다. 어떤 절망

"혼자가
아니었기에
버틸 수
있었어요."

적인 뉴스가 들려와도, 누구 하나라도 쉽게 포기하지 않았으면 좋겠다. 희망을 꼭 쥐고 버티는 한 서로 기대고 선 모두가 함께 살아갈 수 있으니. 잊지 말자. 우리의 삶은 생각보다 사람으로 붐빈다.

함께하기에 버틸 수 있는 우리네 삶. 인생의 필수 요소가 무어냐 묻는다면, 나는 좋은 친구라 답할 것이다. 마주 앉으면 소소한 일상을 나누고, 멀리 떨어져 있을 땐 서로의 안부를 궁금해하고, 때때로 맛있는 음식과 근사한 하루를 함께 나눌 친구. 언젠가 훌쩍 혼자 떠난 여행에서, 너무나도 고아하고 찬란한 자연을 눈앞에 두고서 나는 무척 서글펐다. 아름다워 미쳐버릴 것 같아, 이건 심각하지 않아? 하고 감동을 나눌 친구가 없어 굉장히 아쉬웠다. 결국 지금은 그 아름다운 풍광보다 그때의 외로움이 더 강렬한 기억으로 남아 있다. 슬픔도 아름다움도 다 함께해야 좋은 법이다.

우리는 아주 오랫동안 이 자리에 있었다.

1화 출연자들

삼복더위가 기승이던 2018년 8월 16일. 〈유퀴즈〉는 '어느 날 갑자기 당신에게 펼쳐지는 서프라이즈'라는 소제목을 달고 첫 산책을 시작했다. 그날 우리의 목표는, 퀴즈를 핑계 삼아 사람을 여행하며 누군가의 일상에 뜻밖의 재미를 더하는 것. 〈유퀴즈〉의 첫 촬영에는 기획 의도만큼 뜻밖의 만남이 함께했다. 프로그램이 아직 세상에 태어나기도 전, 첫 화 촬영에서 만난 사람들. 〈유퀴즈〉 태초에 그들이 있었다.

우리를 아신다고요

첫 번째 촬영지는 광화문, 종로 지역이었다. 두 MC를 알아보고 출근하던 사람들이 모여들기 시작할 무렵, 광화문역 1번 출구 옆 토스트집 사장님께 '스페셜 토스트' 두 개를 주문하고 인터뷰를 시도했다. 그때 사장님이 다짜고짜 건넨 말.

"〈유퀴즈〉, 본 적 있어요."

이때부터일까. 서프라이즈의 주체가 뒤바뀌어버린 것이……. 사장님은 단번에 우리를 당혹시켰다. 주변 사람과 제작진 모두 웃음이 터진 상황. 잠시 후 사장님은 또 다시 의외의 선택을 한다. 최초로 던진 "유퀴즈?"라는 질문에 아주 단호하게 "노"라고 대답한 것이다. 그는 놀랍게도 서프라이즈 대신 자신의 바쁜 일상이 흐트러지지 않는 쪽을 선택했다.

You Quiz? Yes! 첫 퀴즈의 운명은?

첫 화 촬영에 퀴즈 상금 수령자가 나온 것도, 그 주인공도 서프라이즈 그 자체였다. 한국말을 유창하게 하던 방글라데시 출신의 영주권자 우쫄Uzzal. 관광차 한국을 방문한 아내 숀파Sompa와 함께 종로에 나왔다가 퀴즈에 도전한 우쫄은 실력과 행운의 조합으로 다섯 문제를 연거푸 통과하며, 역대 가장 높은 난도를 자랑했던 첫 퀴즈의 주인공이 되었다. 민요 '아리랑'에 나오는 10리를 환산하면 대략 몇 킬로미터인지, 다산 정약용의 피서법은 무엇이었는지 묻는 문제도 포함되어 있었다. 촬영을 나올 때만 해도 누가 알았을까. 그가 다섯 문제를 다 맞히고 첫 상금의 주인공이 될 줄.

아주 오래 자리를 지켜온 사람

종로의 아주 오래된 길, 삼일대로를 따라 내려가다 보면 나오는 열쇠수리점 하나. 노점 입구에서 발을 뻗고 앉아 선풍기 바람을 맞으며 신문을 읽고 계신 임일빈 사장님의 포스는 대단했다. 누가 보아도 이 동네를 아주 오랫동안 지켜온 사람의 모습이었다. 왜 이렇게 편안해 보이냐는 질문에, '돈이 많아야 관리하느라 불편한데, 돈이 없으니 편해요'라는 우문현답을 들려준 그.

거의 40년 가까운 세월 동안 이 자리에 앉아 열쇠집을 운영해왔다는 그는 말이 나온 김에 사업자신고증을 꺼내 영업 개시 연도를 확인해주었다. 영업개시일은 1979년의 어느 날. 열쇠수리점은 아주 오래된 그 길에서도 단연 가장 오래된 곳이었다. 옆에 있던 시민게시판이 사라지고, 전신주와 소화전이 자리를 옮겨가는 동안에도 그는 자리를 지켰다. 낡은 라디오, 손때 묻은 수첩과 함께.

비록 네 번째 문제에서 탈락해 상금의 꿈을 이루지는 못했지만, 삼일대로의 오래된 일상을 나눠준 그는 두 MC와 기념사진을 찍은 후 아무 일 없었다는 듯이 신문으로 돌아갔다. 〈유퀴즈〉가 남긴 의외의 선물, 짜파게티 전용 냄비와 함께. 그 냄비는 여전히 라디오, 수첩과 더불어 삼일대로를 지키고 있을지…….

당신의 곁에서

일상에 약간의 서프라이즈를 더하고픈 마음으로 시작한 〈유퀴즈〉. 어느덧 200화를 넘긴 프로그램은 여러 변화를 맞이하며 몇 차례 모습을 바꾸기도 하고 나름의 어려움도 겪었다. 그때마다 프로그램에서 만난 사람 모두에게 빚을 진 덕에 여기까지 올 수 있었다. 서로 의외의 작은 선물이 되었다면, 기억 한구석에 따스함으로 남아 있을 수 있다면 더 바랄 나위가 없다.

첫 선물이 되어준 그분들을 떠올린다. 오랫동안 자신의 자리를 지켜온 사람들, 차곡차곡 쌓아온 당신의 일상을 기꺼이 내어준 분들 덕분에 우리는 지루하게 오가던 일상의 거리를 처음 밟는 신대륙의 땅인 것처럼 즐겁게 내디딜 수 있었다. 기억하겠다. 한 분도 잊지 않을 것이다. 모두 앞으로도 아주 오랫동안 세상 사람들 곁에서, 소중한 이의 곁에서 자리를 지킬 수 있으면 좋겠다.

〈유퀴즈〉 비하인드 컷

| 촬영 시작 전 MC와 스몰 토크중

| 카메라 뒤편, MC와 출연자 시선의 스태프 풍경

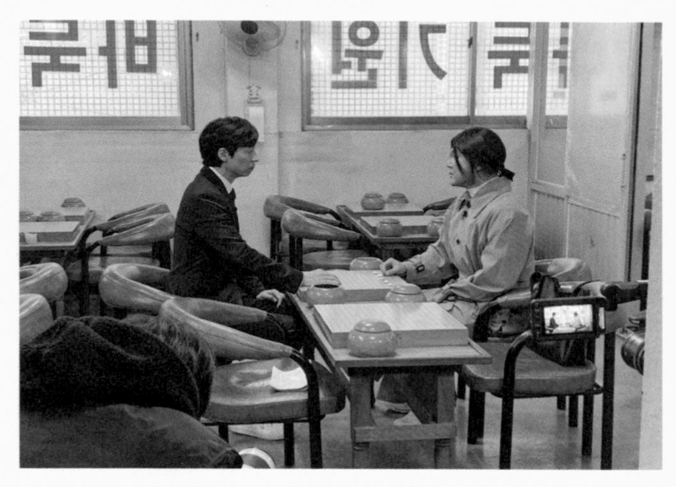

| 2023년 상반기 화제의 드라마 〈더 글로리〉 패러디

| 100화 기념 케이크와 200화 기념 떡

어느 겨울 조셉이 준비해준 분식 차

촬영 도중 휴식 시간,
추운 날씨에 자연스레 이끌리듯
난롯가로 모였다

| 2019년 4월, 놀이공원 뒤편에서

| 2019년 6월, 인천 꽃밭에서

에필로그

〈유퀴즈〉를 집필한 지 어느덧 5년이 넘었다. 수백 명을 만나 제각기 다른 수백 가지 이야기를 들었다. 나와 비슷한 마음에 공감하고, 잊지 말아야 할 순간을 애써 기억하고, 새롭게 깨달은 마음을 되새기느라 시간을 잊었다. 5년간 쭉 생각해온 것이 있다면, 우리의 인생이 한 편의 드라마 같다는 사실이다. 상투적으로 들릴지 모르겠지만 정말이다.

소중히 빚어온 사랑, 오래도록 품은 열정, 갑작스레 맞이한 삶의 전환점, 가슴 아픈 상실, 아무에게도 털어

놓지 못한 상처……. 우리는 삶이라는 동일한 무대에서 제각기 치열하고도 아름다운 서사를 쌓아간다. 가만 귀 기울여 들어보면 더욱 선명히 알 수 있다. 여러 삶 속 희로애락을 들을 수 있어 행복했다. 같은 단어에서 시작한 문장을 제각기 다르게 완성해가듯, 같고도 다른 이야기들이 내가 꾸리는 삶의 드라마를 더욱 풍성히 만들어주었다.

〈유퀴즈〉를 시청해준 자기님들 또한 이런 마음을 느끼지 않으셨을까. 출연자들의 이야기로 당신의 드라마를 조금 더 단단히 채웠길 바란다. 책 속 어딘가에서 당신의 모습을 찾을 수 있길, 그리고 당신의 이야기를 채워보시길 바란다. 그렇게 또 한 줄 더해질 당신의 드라마가 궁금하다.

두 MC의 힘을 빌려 오래도록 프로그램을 유지해올 수 있었다. 사소한 궁금증부터 깊은 속마음까지 편히 나눠준 유재석 씨와, 출연자의 부담을 덜어주기 위해 최선을 다한 조세호 씨가 없었다면 이토록 잔잔하면서도 거대한 서사를 쌓을 수 없었을 것이다.

5년 동안 변화도 많았다. 포맷이 달라진 현재의 〈유퀴즈〉를 보며 과거가 그립다고 하는 분도 더러 있다. 출연자와 그들이 전하는 이야기를 대하는 제작진의 태도만은 변하지 않았음을 말씀드리고 싶다. 〈유퀴즈〉의 겉모습이 좀 달라졌을지언정, 그 밑에 품은 마음은 똑같음을 알아주셨으면 좋겠다.

수많은 이들을 만날 수 있어 영광이었다. 지금까지 만나온 이들이 그랬듯 앞으로 만날 사람들 역시 또 다른 문장을 완성해나갈 것이다. 우리는 계속해서, 조심스레 그 이야기를 받아 적을 것이다. 이야기가 1000개가 되고 1만 개가 되는 날까지 담담한 태도와 따뜻한 마음으로 영원히 그 곁에 머물고 싶다.

2024년 봄을 기다리며

이언주

유퀴즈에서 만난 사람들
모든 사람은 한 편의 드라마다

1판 1쇄 인쇄 2024년 1월 11일 **1판 1쇄 발행** 2024년 2월 1일

지은이 이언주

발행인 박강휘, 고세규
편집 백경현, 박정선 **디자인** 정윤수, 유향주
마케팅 이헌영 **홍보** 박상연

발행처 김영사
주소 경기도 파주시 문발로 197(문발동) 우편번호10881
등록 1979년 5월 17일(제406-2003-036호)
구입 문의 전화 031)955-3100 **팩스** 031)955-3111
편집부 전화 02)3668-3289 **팩스** 02)745-4827 **전자우편** literature@gimmyoung.com
비채 블로그 blog.naver.com/viche_books
인스타그램 @drviche @viche_editors **트위터** @vichebook
ISBN 978-89-349-4655-7 03810 책값은 뒤표지에 있습니다.

비채는 김영사의 문학 브랜드입니다.